3
三嶋与夢
illustration
高峰ナダレ
あたしは星間国家の
I am the Heroic Knight of the Interstellar Nation
英雄騎士！

ヘイディ
Heidi
「黙って見ていろ」
エマ
Emma

マリー
Marry
「もう怯えなくていい。
怖がらなくていい」

モリー
Mollie

「エマちゃんがいなくても、
同じ結果になったと思うの？」
エマの頑張りを無駄にされているのが、
モリーには耐えられなかった。

SG-F04
グラディエーター
GLADIATOR

「……お前も
対処可能な範囲止まり
だったな」
ネイサン
Nathan

CONTENTS

I am the Heroic Knight of the Interstellar Nation

あたしは星間国家の英雄騎士！

I am the Heroic Knight of the Interstellar Nation

3

三嶋与夢

illustration
高峰ナダレ

イラスト／高峰ナダレ

プロローグ

第七兵器工場の拠点であるネイアは、小惑星をつなぎ合わせた集合体だ。

工場としての機能は勿論《もちろん》だが、しっかりと居住区も用意されている。

第七兵器工場らしさが現われている整理された区画や建物が並ぶ商業区にて、昼時間に買い物をしている集団がいた。

家族や友人の集まりとは雰囲気が違う集団は、駐車場にある無骨で大きな車両の荷台に荷物を積み込んでいる。

その内の一人であるボブカットの女の子は、バンフィールド家の家紋が描かれた騎士服を着用していた。

名前を【エマ・ロッドマン】。

バンフィールド家の内部ランクはB評価で、私設軍では中尉階級だ。

とても軍人には見えない幼さを残しているのだが、厳しい戦いを生き抜いてきた女性騎士だ。

第三兵器工場の試作実験機【アタランテ】のテストパイロットを経て、現在は正式に受領しているため専用機持ちの騎士でもある。

騎士学校を卒業してからいきなり左遷された彼女も、今では周囲が見ればバンフィールド家で期待されている若手の騎士の一人だ。

　今は次の任務に向けて準備中だった。

「よし、これで私物の買い出しは終わりですね」

　重たい荷物を担いで車両に運び込んだエマだったが、満足感から自然と笑みが浮かぶ。

　滲《にじ》んだ汗を手の甲で拭うと、小隊付の整備士である【モリー・バレル】一等兵が、荷台に置かれたエマの荷物を覗《のぞ》き込んで目を大きくしていた。

　ツインテールよりも、その服装が目立つ女の子だ。

　ズボンは作業着なのに、上着は胸を隠すだけの布一枚という姿だ。

　時々、周囲の、特に男性の視線を集めているのだが、本人は気にした様子がない。

　エマや他の小隊メンバーたちも、モリーの露出の多い恰好《かっこう》を見慣れているため特に気にした様子はなかった。

　軍人らしくない恰好をしているが、モリーの整備士としての腕は本物だ。

　優秀な機動騎士の整備士であるのは間違いない。

　問題なのは、軍隊には向かない性格だろう。

　軍人でありながら上下関係に緩く、優秀でありながら左遷されてしまった彼女はエマに対しても友達のように接してくる。

　エマはそれを嫌には思わなかったが、今回は少しばかりまずかった。

「あ〜！　エマちゃん、またプラモデルを買ったの？」

買い物袋の奥に仕舞って隠していた機動騎士のプラモデルを発見され、エマの視線が泳ぐ。

「べ、別に問題ないでしょ。あたしのお給料で買ったんだし」

口では自分は悪くないと言いながらも、周囲に咎《とが》められると焦る。

買い物に同行した同小隊のメンバーである【ラリー・クレーマー】が、ばつの悪そうなエマに視線を向けて小さなため息を吐《つ》いた。

「またプラモデルかよ？　前にも同じようなのを組み立てていたよね？　よく飽きないな」

長い前髪で片方の目が隠れているラリーは准尉であり、エマの部下だが言動は年下の知り合いに向けるようなものだった。

態度の悪いラリーに腹が立ったエマは、ラリーの買い物袋を見て文句を付ける。

「そう言うラリーさんだって、ゲーム機を買っているじゃないですか。前にも同じような物を購入していましたよね？」

ラリーが購入したのは、ゲーム機本体を内蔵したコントローラーだ。

エマに同じようなと一括《ひとくく》りにされたのが気に入らないのか、ラリーがネチネチと嫌みを込めて丁寧に説明してくる。

「素人の君には違いがわからないだろうけど、一つ一つにちゃんと特徴があるんだよ。もちろん、全部中身は別物だ。国や地域、それに惑星毎《ごと》。下手をすれば惑星内の限られた一部でしか遊べないゲームソフトが内部に入っているからね。ちなみに、僕が選んだのはベストコレクション版の名作揃《ぞろ》いだ。どれも面白いのは勿論だけど、当然ながら仕様が異なっている。コントローラーも細部が違っていて、ゲームを通して色んな文化を感じられるよ」

ラリーの説明という攻めを受けたエマは、いい返しが思い付かずにしどろもどろになってしまう。

「わざわざコントローラーを購入しなくても、今ならアクセスするだけで楽しめるって聞いたような気がします」

「確かにカバーしてある地域のゲームは遊べるね。けど、僕たちは必ずアクセスできる環境にはないだろ?」

任務で向かった先でアクセスできない状況も多ければ、任務中にアクセスを制限される場合もある。

ラリーに言い負かされた感じになったエマは、納得出来ないが言い争うのを止《や》める。

これ以上、口で争っていても意味がないと気付いてしまったから。

「わかりました。わかりましたよ。あたしが不用意な発言をしました!」

エマが敗北を認めると、ラリーがニッと勝ち誇った笑みを浮かべる。

二人の様子を見ていたモリーは、腰に手を当てて呆《あき》れていた。

「結局、どっちもどっちだよね? そもそも、ラリーがゲーム機を沢山集めているのは事実だし」

　言われたラリーだが、モリーに対しては好意的だった。

「否定しないよ。でも、このレトロ感を取り入れたデザインがいいんだよ」

「ラリーは部屋の壁に飾っているよね？　もう、コントローラーだらけじゃないの？」

「それがいいんだよ。毎晩、どれで遊ぼうか選ぶ時間が至福の時だね」

　二人は笑いながら話をしていた。

　その様子を見ていたエマは、未《いま》だに自分と小隊メンバーの間には人間関係において溝があるのだと理解させられる。

　それでも落ち込みはしなかった。

（以前よりは打ち解けられたかな？　これなら、いずれは普通の小隊になれるかも）

　エマは自分が理想とする小隊の姿があった。

　その理想には遠く及ばないが、以前よりも確実に近付いている――そう信じている。

　三人が騒いでいると、少し遅れて【ダグ・ウォルッシュ】准尉がやって来る。

　髭《ひげ》を生やした男性で、四人の中では一番の年長だ。

　両手いっぱいに抱えている買い物袋から、酒瓶が見えていた。

「悪いな。直接メレアに運んでもらう段取りを付けていたら遅れちまった」

　嬉《うれ》しそうに笑いながら言うダグに、エマは注意する。

「また大量にお酒を買い込んだんですか!?」

ダグは購入したお酒を荷台に積み込むと、さっさと後部座席に移動する。

「肴《さかな》も買ったぞ」

「そういう意味じゃありませんよ！」

ダグが乗り込むと、モリーとラリーが肩をすくめてから二人も乗り込む。

モリーは助手席に。

ラリーは後部座席に。

必然的に運転席に座るのはエマになった。

自動運転もあるため運転の必要性はないが、それでも上官に座らせるような席ではない。

三人に遅れて車両に乗り込むエマは、自分に言い聞かせる。

(我慢。今は我慢。あたしが理想とする小隊を実現するために頑張るんだ)

頬を引きつらせながら、運転席に座ったエマが車両を発進させる。

「それじゃあ、メレアに戻りますね」

母艦であるメレアに戻ると言えば、買い忘れを思い出したのかダグが額に手を当てて言う。

「しまった。ティム司令にお使いを頼まれていたんだ。悪いが、これから指定する場所に向かってもらえるか？」

ダグがそう言うと、今度はラリーとモリーも便乗してくる。

「それなら僕はゲーム専門店に行ってみたいな。まだ時間はあったよね？」

「え〜、それならうちはお菓子食べたい。あ、そうだ！　エマちゃん、一緒にケーキとか食べに行かない？」

あれこれ言われて、エマは頬を引きつらせながら返事をする。

「わ、わかりました」

（我慢。今は我慢だ、あたし！）

これがエマ率いる第三小隊の現状だった。

◇

エマたちが買い出しから戻ったのは、予定時間ギリギリだった。

第三小隊の面々は、買い物袋を持ってメレア艦内の廊下を歩いている。

無重力状態なので購入した商品をネットで包み、抱きかかえて運んでいた。

エマは間に合って安堵《あんど》していたが、急いでいたため汗をかいていた。

「何とか間に合った〜」

大事な荷物を抱えているエマに、酒瓶の一つを手に取って蓋を開けたダグが笑っている。

「別に遅れても問題ないだろ。出発は明日だぞ」

酒を飲み始めるダグに、エマは何から注意すればいいのか考え、結局酒については諦めた。

「ダグさんたちが、そう言って時間にルーズだからギリギリだったんですよ。本当だったら、余裕で間に合ったのに」

「ティム司令たちが気にすると思うのか？　それに、格納庫に戻ってきている車両は少なかっただろ？　他の小隊は戻ってきていないぞ」

　エマたち第三小隊の面々だけが、時間通りに戻ってきていた。

　他の小隊の様子を聞いたラリーが、エマに不満をこぼす。

「真面目な隊長さんのせいで、僕らの遊ぶ時間が短くなったわけだ。あ〜あ、他の小隊の連中が羨ましいよ」

　態度の悪いラリーに、モリーが注意をする。

「ちょっと酷《ひど》いよ、ラリー」

「事実だろ」

「エマちゃんだって色々と頑張ってくれているんだよ。新型機を受領出来たのは誰のおかげよ？」

「二年前の話を持ち出すな。いつまでも恩着せがましいよ」

　モリーに対する返事だったのだが、ラリーの視線はエマに向いていた。

　新型機を持ってきたくらいで、いい気になるなよ、と視線が語っている。

　エマは荷物を抱き締める力が少し強くなった。

（まだ足りないんだ。やっぱり、あたしがもっと強くなって認められないと駄目なのかな？）

自分の不甲斐《ふがい》なさに嫌気が差していると、通路の向こう側から見慣れない集団がやって来た。

エマだけではなく、ダグやラリー、そしてモリーまでもがその集団に注視する。

彼らが着用していたのが騎士服だったからだ。

メレアに自分以外の騎士がいるとは思わなかったエマは、驚いて立ち止まってしまった。

すれ違おうとした時、集団の前を歩く青年にエマは呼び止められる。

「久しぶりだな、ロッドマン」

「――え？　もしかして、ラッセル君？」

名前を呼ぶと、相手が嫌悪感をむき出しにしてくる。

青年は自分の階級章を指し示し、エマに態度を改めるように言う。

「階級章が見えないのか？　今の私は大尉だよ、ロッドマン中尉」

彼の名前は【ラッセル・ボナー】。

エマと同期の男性騎士だった。

ただ、エマとラッセルは同じ騎士でありながら、全く違う道を歩んできた。

騎士学校で優秀だったラッセルは、卒業と同時に中尉に昇進して出世コースを歩むエリートだ。

実際に大尉に昇進しているので、その後も順調なのだろう。

だからこそ、エマはラッセルがこの場にいるのが信じられなかった。

「ラッセル――大尉が、どうしてメレアに？」

エマからすれば、ラッセルがミスをして左遷されたのでは？　という純粋に心配する気持ちから尋ねただけだ。

ラッセルはそんなエマに、驚いた後に侮蔑する視線を向けた。

「何も知らないのか？　今回の任務に限り、私の小隊はこのメレアを母艦として参加する。事前に通達はされていたはずだぞ」

この程度の情報も把握していないのか？　とエマを馬鹿にする物言いだった。

エマは何も知らなかったので、目を見開いて小隊メンバーを見た。

三人とも首を横に振るかと思っていたのだが――ダグだけが、今になって思い出した。

「そういえば、ティム司令がそんな話をしていたな。今回の任務で機動騎士の小隊を受け入れるとかどうとか」

酒でも飲んでいる際に話を聞いたのか、ダグの情報は酷く曖昧だった。

これにはエマも注意をする。

「知っていたら教えてくださいよ！」

「悪かったよ。だが、別にお客さんがいたところで変わらないだろ」

事前に確認していなかったエマと、上官に注意されて悪びれる様子もないダグの二人を見ていたラッセルは眉間の皺《しわ》を深くしていた。

ラッセルの後ろに控えていた部下二人が、小馬鹿にしたようにクスクスと笑っている。

一人は女性騎士。

「部下に教えてください、だってさ。自分で確認すればいいのにね」

もう一人の部下は男性騎士だ。

「噂《うわさ》以上に酷い場所ですね、ラッセル隊長殿」

ラッセルは歩き出すと、最後にエマに声をかけた。

「やはり君は騎士に相応《ふさわ》しくない」

「――っ!?」

騎士として出世街道を進むラッセルに言われ、エマは俯《うつむ》いて手を握りしめた。

第一話 ▼ 新たな依頼

ある惑星の都市部にある会員制のバーにて、男女がカウンター席に座っていた。

高層ビルの上層にあるため、都市部の美しい夜景が見渡せる場所だ。

ただ、カウンター席に座った男女は、夜景に興味がないのか背を向けて見ようともしない。

男性は笑みを浮かべており、高級バーに相応しい高価なスーツに身を包んでいた。

夜だというのに身だしなみは崩れておらず、疲れた様子もない。

仕事をしていないだけでは？　と思うだろうが、女性はこの男性が忙しいのを知っている。

今日も何件も仕事を済ませ、バーで酒を飲んだ後も仕事をするのだろう、と。

不滅のセールスマンと呼ばれる彼の名は【リバー】。

苗字《みょうじ》もなく、本名であるかも怪しい名だ。

そんな彼の勤め先は、アルグランド帝国の兵器工場だ。

薄ら笑いを浮かべながら、隣に座る女性に優しい口調で話しかける。

「第七兵器工場襲撃の失敗は非常に残念でした。お偉方も不満に思っておりまして、散々愚痴を言われましたよ」

優しい雰囲気を出しながら、言外に「お前のせいで上層部を怒らせ、自分の評価が下がったぞ」と伝えてくる。

隣に座る女性は、色気のあるドレスを着用していた。

両肩に胸の谷間、そしてスカートには深いスリットがあって太ももも露出している。

暗めの赤いドレスを着用し、リバーの小言を聞くのは【シレーナ】だ。

銀髪に、光が消えた緑色の瞳。

容姿に優れ、所作も美しい彼女は、その色気でバーにいる男性や女性の視線を集めていた。

視線に気付きながらも、シレーナ自身は気にも留めない。

カクテルグラスの中の液体に視線を向けていた。

「失敗なんて酷いわね。私はちゃんと依頼を達成したわよ。標的に被害を与えたし、試作機の破壊だって達成したわ」

悪びれもしないシレーナだったが、リバーは怒らなかった。

小さく肩をすくめるが、むしろ楽しそうにしていた。

「図太い人は嫌いじゃありません」

リバーには好感触だったらしいが、シレーナは不気味に感じた。

「結果を報告した時は不機嫌だったわよね？」

以前とは別人とも思える反応に、シレーナは違和感があった。

リバーはとぼける。

「そうでしたか？　いや、そうかもしれませんね」

考える素振りを見せたリバーだが、忘れてしまったのかこの話を有耶無耶《うやむや》に終わらせた。

「さて、あなたを呼び出したのは新しい依頼があるからです」

リバーは自身の端末を操作すると、カウンターテーブルに依頼に関する資料を映し出した。

目の前に依頼に関する資料や映像が用意されると、シレーナの視線が少し険しくなった。

雑談を切り上げ、仕事モードになると口調も少し険しくなる。

「バンフィールド家が、皇位継承権争いに参加したのね」

資料に書かれている内容は、シレーナやリバーとも関わりがあるバンフィールド家についてだ。

現在の帝国で勢いのある伯爵家なのだが、ここに来てアルグランド帝国の継承権争いにまで参加するようだ。

シレーナからすれば、怖いもの知らずにしか見えなかった。

地方で調子に乗った貴族が、大都会でも自分の力が通用すると勘違いしている、と。

リバーは情報を補足する。

「えぇ、しかも、推しているのはクレオ殿下ですよ。継承権は第三位でありながら、もっとも皇帝の座から遠いとされる人物ですからね」

継承権第三位のクレオ殿下と聞いて、シレーナも目を見開いた。

「継承権争いに勝つ気があるのかしら？」

驚いた表情を見せたシレーナに、リバーは僅かに落胆する。

「あなた程の人が、帝国の事情に疎すぎませんか？　この程度の情報は基本だと思います
よ」

リバーに責められたシレーナは、顔を背けて不機嫌そうな顔をする。

ここ最近の忙しさを思い出し、嫌な気分になったから。

「色々と忙しかったのよ」

シレーナはダリア傭兵《ようへい》団を率いる団長だ。

以前はリバーの依頼で第七兵器工場に攻撃を仕掛け、エマの乗るアタランテの破壊も
行った。

その際に戦力の大半を失ってしまい、ここ最近は補充と訓練で大忙しだった。

傭兵団を維持するため依頼も受けなければならず、本当に忙しい日々を過ごしていた。

リバーにも色々と文句を言ってやりたかったが、弱みを見せたくないので我慢した。

答えを濁そうとしたが、リバーは許してくれない。

「失った戦力の補充と訓練ですか？　結構な無茶をしたと聞いていますが、今回の依頼を
引き受けられますかね？」

シレーナが忙しかった理由は、既に調査済みらしい。

「本当に嫌な奴《やつ》ね」

「私はこれでもあなたのことを評価していますよ。戦力の大半を失っても、巨大傭兵組織のヴァルチャーの幹部でいられるあなたは優秀ですからね」

リバーに褒められても、シレーナは嬉《うれ》しくなかった。

実際にはかなりの無茶をしており、戦力回復も万全とは言い難い。

リバーも気付いているようだが、シレーナに今回の依頼内容を説明する。

「現在の帝国では、クレオ殿下とライナス殿下の後継者争いが過熱しています。おかげで、ライナス殿下の発案で、バンフィールド家は経済制裁を受けていますよ」

継承権第二位の皇子の怒りを買った地方の帝国貴族が、仕置きを受けている。

まとめればこれだけの話で、依頼とは無関係に思える。

だが、経済制裁を受けているのは、あのバンフィールド家だ。

現在の帝国でもっとも勢いのある伯爵家であり、ここ数十年と話題に事欠かない。

そして、二人にとっては因縁の相手でもある。

シレーナが黙って説明を聞いていると、リバーが続きを話す。

「バンフィールド家は現状を改善するために、他の星間国家と取引をするつもりのようです。その一つが、ルストワール統一政府でしてね」

統一政府と聞いたシレーナは、意外すぎて反応してしまう。

「帝国貴族と統一政府なんて、水と油のような関係じゃない。取引がうまくいくとは思えないわね」

ルストワール統一政府が採用しているのは、民主主義だ。

貴族制を採用する帝国とは相性が悪い。

相手を嫌っているというよりも、政治体制の違いから相手を理解できないというのが正しい。

統一政府からすれば、人権意識の低い帝国は信じられない星間国家である。

帝国からすれば、民主主義など正気とは思えない政治体制だ。

理解し合えない両国間は、国境に要塞を用意して睨《にら》み合いを続けている。

小競り合いも頻発しており、取引相手として成立するとは思えなかった。

バンフィールド家が統一政府と取引をしようとするのは、リバーから見れば追い詰められている証拠らしい。

「藁《わら》にもすがりたいのでしょう。——だから、我々にとってはチャンスだと思いませんか？」

追い詰められたバンフィールド家に、追撃を与えるチャンスと聞いてシレーナが興味を示す。

「私に何をさせたいのかしら？」

リバーはニッと白い歯を見せて笑うと、詳しい依頼内容を語る。

「統一政府との取引に向かうのは、表向きはニューランズ商会です」

ニューランズ商会とは、帝国で商いを行う大商家の一つである。

主に地方貴族を相手に商売をしており、地方を中心とした独自のネットワークが強みの商家だ。

ダリア傭兵団も何度か利用し、世話になったことがある。

付き合いのあるシレーナからすれば、今のバンフィールド家にニューランズ商会が力を貸すとは思えなかった。

「地方に強いニューランズ商会でも、落ち目のバンフィールド家に味方はしないわよ。大手だけあって、あそこはシビアだもの」

リバーは追加情報をシレーナに提示する。

「協力しているのは幹部の一人ですよ。名前は【パトリス・ニューランズ】。創業者一族出身の幹部で、個人的にバンフィールド家と繋《つな》がりを持っています」

リバーの説明を聞いて、ようやくシレーナは納得した。

「幹部の一人が大きな賭けに出たわけね。それで、私にニューランズ商会の船団を襲撃しろとでも言うのかしら？　悪いけど断らせてもらうわよ」

（バンフィールド家が絡んでいる取引なら、奴らの護衛艦隊がいてもおかしくないわ。私の傭兵団も立て直しの最中だし、奴らと戦うなんてごめんよ。――そう、戦わないのが正しい選択よ）

団長として勝算のない戦いは避けたいと思いつつ、シレーナの心には棘《とげ》のように突き刺さっている人物がいた。

――エマ・ロッドマン。

正義の騎士に憧れる夢見がちな女性騎士。

エマの顔が思い浮かび、シレーナは苦々しい表情をする。

(あんな小娘にいつまでもこだわるなんて、私もまだまだね)

小さくため息を吐《つ》いて気持ちを切り替えたシレーナに、リバーは素直な評価を話す。

「落ち目とは言え、バンフィールド家の艦隊は正規軍の精鋭並に精強です。ダリア傭兵団でも勝てるとは思いません」

リバーの評価は正しかった。

帝国内でも精強で知られるバンフィールド家の私設軍だ。

正面から戦えば、ダリア傭兵団では相手にもならないだろう。

シレーナも実力は認めているが、ダリア傭兵団が舐《な》められるのは嫌なので言い返す。

「立て直し中でなければ、襲撃くらいは成功させていたわよ」

強がるシレーナに、リバーは不敵な笑みを浮かべていた。

「それは残念ですね。さて、依頼についてはここからが本番です。今回、ダリア傭兵団には輸送と交渉をお願いしたい」

輸送する荷物と届け先を聞いたシレーナは、少し考えてから返事をする。

「前置きが長いのは嫌いなのだけど、今回の依頼は受けさせてもらうわ」

◇

長距離ワープゲートを利用し、小惑星ネイアに辿《たど》り着いた艦隊がいた。

バンフィールド家の家紋が船体に描かれた艦隊だ。

艦隊を率いる旗艦は、八百メートルほどの宇宙戦艦だった。

他の艦艇と違って紫色に塗られており、誰が乗っているのか味方に明確に示している。

旗艦のブリッジには、今回の司令官に任命された女性騎士の姿がある。

両手を腰に当てて、自分たちと合流予定の味方艦たちを眺めていた。

黙っている司令官殿の斜め後ろには、無精髭《ひげ》を生やした男性騎士の姿がある。

女性騎士の副官にして、今回は副司令官を兼任している男性だ。

彼が上司に声をかける。

「合流予定の連中はどうだ？　少しは使える連中だとありがたいんだが、あんたの直感は何て言っている？」

上官をあんた呼ばわりするという、軍隊ではあり得ない行為だが、呼ばれた上官も、そしてブリッジクルーも平然としていた。

女性騎士が振り返ると、長い紫色の髪が扇状に広がった。

細身ながら鍛えられた体を持つその女性は、険しい表情をしながら合流予定の味方について率直な感想を述べる。

笑顔で、優雅に振る舞いながら。

「使えない連中だわ」

とんでもなく口が悪い女性騎士に、副官は苦笑して「そうかい」と呟《つぶや》くだけだった。

第二話 ▼ 腐った連中

エマたち第三小隊の母艦であるメレアは、バンフィールド家では軽空母に分類される艦艇だ。

小惑星ネイアで補給と整備を受けた後、次の任務に加わるためバンフィールド家の他の艦艇たちと合流をしていた。

小惑星ネイアの周辺宙域に待機していると、同じく第七兵器工場で整備と補給を受けた他艦や、ワープゲートを使用してきた艦と合流する。

同じバンフィールド家に所属はしているが、寄せ集められた艦隊だ。

メレアのブリッジには主立った面子《メンツ》が集められていた。

辺境治安維持部隊の司令官で、艦長を兼任する【ティム・ベイカー】大佐が欠伸《あくび》をしていた。

「うちみたいな左遷先までかき集めるとは、バンフィールド家は戦力不足だな」

自虐を込めた上層部批判に、エマはギョッとした。

「大佐、今はその――」

エマの視線の先には、今回の任務のために合流したラッセルがいた。

メレアの面子が集まっている中央から距離を取り、腕を組んで集結した艦隊を見ていた。

ティム大佐の言葉は上層部批判であり、ラッセルの権限ならば逮捕も可能だった。

エマは当然のように知っていたので注意したが、ラッセルは動こうとしない。

エマが胸をなで下ろしていると、最後に合流した戦艦が集結した艦隊に向けて通信回線を開く。

映し出されたのは着崩した騎士服を着用した男性騎士で、無精髭を生やしていた。

騎士として身だしなみが出来ていない上に、態度も悪い人だった。

『特別任務に駆り出された諸君、俺は副司令官の【ヘイディ】だ。短い付き合いになるかもしれないが、よろしく頼む』

砕けた挨拶をする副司令官に、ブリッジにいたダグが好感を抱いたらしい。

「騎士様にしては堅苦しくない珍しい奴だな」

ダグの評価に続いて、ラリーまでもが口を開く。

「中身は腹黒で陰険かもしれませんけどね」

「お近づきになりたいとは思わないが、あの態度ならこっちに過干渉してこないだろ？

俺としては大歓迎だね」

二人が会話を始めると、黙っていたラッセルが鋭い視線を向けてくる。

「静かにしろ。副司令官殿の言葉は終わっていないぞ」

騎士に睨まれた二人は、ばつが悪そうに視線を逸《そ》らしていた。

モニターに映るヘイディは、当然ながらメレアの状況など知らないので笑顔で続ける。

『今回の任務だが、そこまで気負わなくていい。何しろ、お使いみたいなものだからな』

お使いと聞いて、エマの側にいたモリーが首を傾《かし》げる。

「それにしては物々しいよね？　六百隻は集まっているみたいだし」

集結した艦隊の数は六百隻と、お使いにしては物々しい。

まるでモリーの質問に答えるように、モニターの中のヘイディが言う。

『ニューランズ商会の大型輸送艦三隻の護衛任務だ。ただし、目的地はルストワール統一政府になるから注意するように。それから面倒は起こすなよ、以上！』

通信が終わると、メレアのクルーたちは目を大きくしていた。

エマは思わず叫んでしまう。

「が、外国にお使いに行くの？」

◇

ルストワール統一政府を目指す艦隊。

ニューランズ商会の大型輸送艦とも合流を済ませたが、あまりの大きさにバンフィールド家の艦艇が小さく見えていた。

形はシンプルだが、数キロメートルにも及ぶ細長い円柱状の輸送艦だ。

物資を大量に運ぶことを優先して設計されているのか、大きさの割に防衛用の設備が乏しい。

代わりに大量の物資を運搬できるわけだが、足りない戦力を補うのがバンフィールド家の六百隻の軍艦たちだ。

メレアもその中の一隻だ。

第七兵器工場で改修を受けたメレアは、機動騎士の積載数こそ減ってしまった。

技術試験艦として改修を受けた結果、戦闘に関係ない設備を積み込んだためだ。

元から機動騎士の数が不足していたので、追い出された部隊は存在しない。

以前と比べれば性能は向上しており、艦内環境も整備され快適性が増していた。

積載しているのは、新型に分類されている一般パイロット向けにデチューンされたラクーンだ。

第七兵器工場が開発した優秀な機動騎士で、性能だけならばネヴァンにも勝ると言われている。

今のメレアを見れば、帝国の正規軍すら羨むだろう。

二年前に改修を受けてから、メレアは確かに生まれ変わっていた。

以前より狭くなったが、十分な広さを持つメレアの格納庫中央には、アタランテ専用の整備区画が用意されている。

専用のアームでバックパックを固定されたアタランテは、専属の整備士になったモリーが点検作業を行っていた。

無重力状態の格納庫で浮かびながら、アタランテの各部を端末でチェックしている。

「開発テストが終わったばかりなのに、即実戦投入なんて酷《ひど》いよね。うちらも頑張ったのに、休みなしとか酷くない？」

長期にわたる任務を成功させたのに、長期休暇がもらえなかったことをモリーは愚痴っていた。

点検作業に付き合うエマは、苦笑しながらモリーを諭す。

「それだけ期待されている証拠だよ。何しろ、今のメレアは、最新鋭の機動騎士が揃《そろ》った部隊だからね！」

格納庫内に並んだラクーンを見ながら、エマは胸を張っている。

モリーよりも小さいが、片手に収まる形の良い胸をしていた。

ラクーンに目を向けたモリーは、機動騎士が好きなこともあって少し機嫌を持ち直した。

「確かに以前よりマシになったけどさぁ。そもそも、中身のうちらは変わっていないよね？」

「うっ!?」

痛いところを衝かれた、とエマは胸を押さえてみせる。

今のメレアは最新鋭機を揃えただけで、中身が伴っていなかった。

やる気のないクルーに加えて、パイロットたちですらまともに訓練していない。

エマが指先を突き合わせる。

「い、以前よりは訓練もしてくれるようになったし」

自分たちは変わっていると主張するも、モリーはこの件に関しては冷めていた。

「三日坊主で終わったけどね。ダグさんもラリーも、すぐに以前と同じ生活スタイルに戻ったしさ。まぁ、うちとしては艦内が綺麗《きれい》になったからいいけどさ。残念なのは、スペースが狭くなったことくらい？」

これまでモリーは、格納庫の余剰スペースにお宝と称した武装類を保管していた。スペースデブリとして漂っていたゴミ同然のそれらを、整備して使えるようにするのが彼女の趣味でもあったからだ。

今は格納庫のスペースが狭まり、お宝を保管する場所がない。

この件だけは、モリーが残念がっている。

「以前より狭くなったからね。——やっぱり、お宝を集められないのは寂しい？」

時折、クルーたちは愚痴をこぼしている。

——以前の方が過ごしやすかった、と。

改修されて以前よりも居住環境は改善したし、設備も更新されて綺麗になった。

だが、それを快く思わないクルーも存在していた。

機動騎士に関しても、モーヘイブの方がよかった、と面と向かって言われたこともある。

自分が余計なことをしなければ、とエマは思うこともあった。

落ち込むエマに、モリーはニコッと歯を見せて笑った。

「今はお宝よりも、アタランテやラクーンを触れるから大丈夫！　お宝をいじれないのは寂しいけど、今は整備で忙しいから時間が作れないし」

モリーの態度に、エマは少しばかり救われた気がした。

「あははっ、モリーらしいや」

新型機動騎士に夢中のモリーを見て、エマも破顔する。

そんな二人のもとに、一人の青年騎士が飛ぶようにやって来る。

相手はラッセルだった。

騎士服を脱ぎ、パイロットスーツに着替えているラッセルは険しい表情をしていた。

「随分と楽しそうだな、中尉」

「ラッセル!?――た、大尉殿」

ラッセルは近くにあった柱に手をついて止まると、顔を背けてモリーを指さす。

僅かに顔を赤らめている。

「この艦はどうなっているんだ!?　下着姿で格納庫内をウロウロするのは止《や》めさせろ！そもそも、格納庫内では宇宙服に着替えるとルールで定められているはずだ」

機動騎士を整備している格納庫では、いつ何が飛んでくるかわかったものではない。

そのため、整備の際は作業用かパイロット用の宇宙服が望ましいという規定が設けられている。

エマも注意をされ思い出した。

「そうでしたね」

「そうでした——だと？　ここの連中は誰一人、宇宙服を着ていないじゃないか！」

ラッセルの初々しい反応を見て、エマは苦笑する。

「何度も注意はしたんですけど、改善されなくて」

（あたしが言っても聞いてくれないし）

メレアは不良軍人たちの掃《は》き溜《だ》めで、基本的なルールを守ろうとはしない。

格納庫にいるのにほとんどが楽な作業着姿で活動しており、中には作業をせず遊んでいる者たちもいた。

メレアの状況に、ラッセルは怒りが込み上げているようだ。

「モリー一等兵だけじゃない。君の小隊をはじめ、他の連中もまともな訓練をしていないじゃないか。艦内での生活もルールを守らないし、任務中だろうと酒を飲む輩《やから》ばかり」

言いながらムカムカしてくるのか、ラッセルは顔を赤くしていく。

モリーの姿を見た時と違って、明らかに怒っていた。

エマも同意したいのだが、ラッセルの態度もあって素直になれない。

「これでもまともになった方ですから！」

「これでか!?」

エマの返事に驚くラッセルは、ため息を吐《つ》いてから右手で視界を塞いだ。

「——試作実験機の開発を成功させたと聞いた時は、少しはまともになったかと思ったがこの程度か。やはり、君は騎士に相応《ふさわ》しくない」

騎士学校を卒業し配属先へと向かう前に、エマはラッセルから同じ事を言われた。

メレアで再会した時にも言われたが、卒業後の出来事を思い出してエマは手を握りしめる。

「もう機動騎士にだって乗れますし、戦場にも出ましたから！　いつまでも――何も出来なかった頃のあたしじゃありません」

どうしてラッセルは自分を認めないのだろうか？

そんな疑問が浮かぶ中、ラッセルがエマの顔を見据えてくる。

「君の部隊を見れば一目瞭然だ。騎士でありながら、君は自分の小隊すらろくに管理が出来ていない。騎士というのは、戦うだけの存在ではないよ」

二人の言い争いが続くと、格納庫にいたメレアのクルーたちが集まってくる。

騎士同士が何か言い争っていると知ると、面白がるように集まってきた。

ラッセルは侮蔑した視線を、メレアのクルーに向けていた。

そのままエマに忠告する。

「どれだけバンフィールド家が君たちのために装備を更新しようとも、中身が腐っていては意味がないと実感させてくれる」

ラッセルの物言いに、エマは噛《か》みつく。

「そんな言い方、酷いじゃありませんか！」

だが、メレアのクルーを庇《かば》うエマに、ラッセルは冷たい目をしていた。

「――君も知らず知らずの内に腐ってしまったようだな。気概だけは認めていたが残念だよ」

メレアの状況を見て、ラッセルは何かを察して去って行く。

その後ろ姿を見ながら、エマは声を張り上げる。

「なっ!?　あ、あたしたちは腐ってなんかいませんからね！」

軽空母メレアの機動騎士運用格納庫に、見慣れない三機の機動騎士が存在していた。

アタランテと同じネヴァンタイプの機動騎士だが、他がラクーンばかりなので浮いていた。

エマ率いる第三小隊の面々は、少し離れた場所からそんなネヴァンタイプたちを眺めている。

新たな機動騎士を前に、モリーは瞳を輝かせて興奮していた。

「まさか搬入されたのがカスタムタイプのネヴァンとは思わなかったよ！　カタログスペックだと、普通のネヴァンより性能が二割増しって話だよね？　一度で良いから触ってみたいな〜」

バンフィールド家で用意される量産機が、ネヴァンタイプだ。

メレアに運び込まれたカスタムタイプたちは、推力を強化した改修が施されていた。

ネヴァンの特徴である翼のようなブースターにパーツが追加され、先端が鋭くなっている。

腕部の装甲も強化され、頭部後ろの背面からはアンテナが伸びていた。

通信機周りも強化されている証拠なのだろう。

頭部のデザインもカスタム用に変更され、まさに特別機という印象が強い。

特別機であるカスタムタイプを前に、ラリー准尉が眉根を寄せていた。

不機嫌になった原因は、特別扱いを受ける彼らに対してだろう。

「エリート騎士様たちの専用機か。随分と金をかけているようだけど、それなら僕たち一般兵にもっと予算を割けと言いたいよね。そもそも、今回だけとはいえ、うちに配備するとか当てつけだろ」

カスタムタイプのネヴァンが与えられるのは、騎士の中でも一部の者たちだけ。

ただ、今回のネヴァンはただのカスタム機ではなかった。

拗《す》ねているラリーに、エマが丁寧に説明する。

「追加武装のテストを行うための試験機でもありますから、技術試験艦のメレアに配備されるのはおかしい話じゃありませんよ。メレアには設備も揃っていますし」

ラリーはエマから顔を背けていた。

技術試験艦としての機能を持つメレアに配備されてもおかしくないと指摘されて、本人も気付いたのだが、素直に認めたくないのだろう。

その態度に、エマはため息を吐く。

「ラリーさんだって、今は新型のラクーンに乗っているじゃないですか。カスタム機が来たくらいで、拗ねないでくださいよ」

エマに注意されて、ラリーは腹が立ったのか声量が大きくなる。

「拗ねてなんかない！　僕たちはこれまで酷《ひど》い扱いを受けてきたんだ。それが、急に手の平を返されてもね」

意固地になったラリーを見て、エマは駄目だと思って説得を諦める。

（環境が改善されたのに、これじゃあ今までと変わらないよ）

部下に対してどのように接するべきか悩んでいると、今度はダグがアゴに手を当てながら言う。

「言うなよ、ラリー。あいつらはエリート様で俺たちとは違うのさ」

ダグの嫌みな発言に、エマは肩を落とした。

「ダグさんまでそんなことを言わないでください」

「事実だろう？」

「確かにラッセル大尉たちはエリートですけど」

ラッセルとその二人の部下も、騎士学校を卒業する際に上位百名に名を連ねた者たちだ。

上位百名は卒業と同時に中尉に昇進し、その後も出世コースを歩むとされている。

カスタム機であるネヴァン・カスタムを与えられたのも、期待されている証拠だろう。

小隊編制だが、大尉のラッセルを小隊長に、他二名は中尉となっている。

ラッセルは勿論《もちろん》だが、他二人の部下も優秀なパイロットらしい。

第三小隊の面々が様子を見ていると、その内の一人である女性騎士が顔を向けてくる。

ロングストレートの金髪に、褐色の肌が特徴的だった。

細身の体はスタイルが良いのだが、見た目は軽薄そうだ。

名前は【シャルメル・オダン】中尉。

予想通りの軽い調子を披露しながら、第三小隊を見てあざ笑う。

「隊長ぉ～、さっきから見つめられていますよぉ～」

間延びした甘えるようなわざとらしい声だった。

ラッセルに声をかけると、彼は丁度もう一人の部下である【ヨーム・バルテ】中尉と何やら打ち合わせをしていた。

前髪で目元を隠した青年は、性格が暗そうに見える。

ラッセルよりも小柄で華奢《きゃしゃ》な見た目もあって、とても騎士には見えない。

だが、ラッセルの小隊にいる時点で、彼も優秀な騎士なのは間違いない。

成績だけならエマよりも確実に優秀だろう。

彼は自分たちを眺めているエマたちを見て、微笑《ほほえ》みを浮かべていた。

「あの人、隊長の同期でしたよね？　噂《うわさ》の新型を受領した天才パイロットなのに、少しも怖い感じがありませんね」

エマから見れば、シャルメルもヨームも騎士としては後輩だが、その言動はエマを敬っていなかった。

ラッセルは、自分たちを見るエマたちに気づいて露骨に嫌そうな顔をする。

「――本当に嫌になる。任務のためとは言え、どうして私たちがこの艦に乗らねばならないのか」

かつて左遷先扱いをされていたメレアに対して、ラッセルは嫌悪感を抱いているようだ。気持ちを隠そうともしない態度に、ラリーの視線が険しくなった。

「はっ！　誰もエリート様たちに乗ってください、なんてお願いした覚えはないね。嫌なら降りて帰ればいいだろ」

ラリーの子供のような態度に、ラッセルは冷静に言い返す。

「我々は命令で動いている。個人的な感情で母艦を決められるほど、私はまだ偉くない。文句なら上層部に言うといい。もっとも、聞き入れられるとは思わないが」

冷たい目を向けられたラリーが口をつぐむと、今度はダグの出番だ。

「そっちこそ、メレアに乗りたくないと上層部に掛け合ったらどうだ？　エリート様の言葉なら、俺たちが言うよりも聞き届けてもらえるだろうに」

ダグの発言に、今度はシャルメルとヨームが顔を見合わせ、互いに首をかしげていた。

呆《あき》れを通り越して困惑しているらしい。

ラッセルは頭痛を覚えたような顔をしている。

「個人的な感情で命令を拒否できると考えているならば、この部隊は本当に救えないな」

正論を言われてダグまでもが口をつぐむと、シャルメルが肩をすくめて言う。

「僕と同じBランク騎士がいるって聞いて楽しみにしていたのに、この連中を見ていると期待薄みたいだね」

シャルメルがそう言うと、エマが反応する。

「同じBランク？」

シャルメルはニッと笑みを浮かべるが、エマには挑戦的に見えた。

「そうだよ。僕はBランクで君と同じなの。ちなみに、隊長はCランクのままだけどね」

胸を張るシャルメルに対して、ラッセルが何とも言えない顔をしていた。

自分を貶《けな》す部下に文句の一つでも言ってやりたいのだろうが、事実であるため叱責できずにいるようだ。

「小隊長は私だぞ」

「わかっていますよぉ～」

軽い返事をするシャルメルだったが、エマは驚きを隠せなかった。

目の前の彼女が、自分と同じBランクというのが信じられなかったからだ。

(騎士学校を卒業したばかりでBランクになるなんて、普通はあり得ないはずなのに)

エマがBランクに昇格したのは、アタランテという機動騎士があればこそ。

大きな事件を解決した功績が認められたからだ。

エマ本人は、運が良かった結果だと思っている。

それなのに、自分よりも年下の後輩騎士が、いとも簡単にBランクに昇格しているのが不思議で仕方がない。

驚きが顔に出ていたため、気づいたヨームがエマに教えてくれる。

そこには少しばかり見下した態度があった。

「シャルメル――シャルはいわゆる天才って奴《やつ》でしてね。三度の出撃で、騎士の乗る機動騎士を十五機も撃破したんですよ」

「十五機!?」

第三小隊の面々が、その数字に面食らった。

一般兵の乗る機動騎士を撃破した数ではなく、騎士の乗る機動騎士を十五機も撃破した――それがいかに困難なことであるかは、第三小隊の面々も理解していたからだ。

ラリーが困惑している。

「三度の出撃で十五機って、一度の戦場で平均しても五機を撃破したことになるぞ」

周囲の驚く様子に気をよくしたシャルは、エマに挑発的な視線を向ける。

「ちなみに先輩は、何機撃破したんですか？　新型の超強い機動騎士ですから、もう三桁は撃破しましたよね？」

自分はネヴァンのカスタム機で十五機を撃破したぞ、という自慢。

これまでの活躍に対して、撃破数が少ない――騎士の乗る機動騎士を相手にした回数も少なく、シレーナが乗るゴールド・ラクーンを相手にはしたが、その時は逃げられてしまった。

エマの騎士を相手にした撃墜スコアはゼロだ。

「ゼ、ゼロだけど」

馬鹿正直にエマが答えると、呆気《あっけ》にとられたシャルが一瞬だけ真顔になって――すぐにお腹《なか》を抱えて笑い出す。

「撃墜数なしって凄《すご》いですね！　もしかして、昇進と昇格はコネなの？　いいよね、コネがあると色々と楽ができてさ～」

笑われて悔しいエマだが、自分の戦果が少ないのは事実で言い返せなかった。

悔しがるエマを見て、モリーはアタフタしていた。

ラリーとダグは顔を背けており、助けてくれる気配がない。

しかし、ここでラッセルが割り込んでくる。

「シャルメル中尉、そこまでにしておけ」

ラッセルが間に入ると、シャルは大人しく引き下がる。

「は～い」

ラッセルには素直に従っており、上官として認めているのがエマにも伝わってくる。

エマはラッセルが小隊をまとめている姿を見て、自分が情けなくなる。

(同期はちゃんと小隊をまとめているのに、あたしは何をしているんだろう)

エマが一人で落ち込んでいると、今度は格納庫内に警報が鳴り響く。

エマたちが驚いて一瞬動きが遅れる中――ラッセルが叫ぶ。

「シャルメル、ヨーム！」

ラッセルたちは自分の機体に向かっており、既にコックピットに乗り込もうとしていた。

その姿を見て、慌ててエマも部下たちに命令を出す。

「あたしたちも出撃します！」

◇

エマたち第三小隊が出撃準備をはじめた頃。

ネヴァン・カスタムに乗り込んだラッセルは、苛立《いらだ》ちから顔を歪《ゆが》めていた。

モニターが周囲の光景を映し出しているのだが、警報が鳴ったというのにクルーたちの動きが鈍かった。

「こいつら正気か？　出撃にいつまで時間をかけているんだ!?」

騎士として軍では花形として活躍してきたラッセルではあるが、周囲に支えられてこそ自分たちが活躍できるのは承知していた。

だが、目の前の光景はあまりにも酷かった。

『出撃？　命令は出たのか？』

『他の連中がどうにかするだろ』

『どの部隊から出撃させるんだ？』

格納庫でのんきにしている整備兵たちを見て苛立つのは、部下であるヨームも同じだ。

モニターの一部にヨームの顔が映し出される。

『噂で聞いているよりも酷いですね。左遷先というのも納得ですよ』

落ち着いているようでいて、その口調は普段よりも冷たかった。

普段は出撃を面倒がるシャルまでもが、今は腹を立てている。

『こいつら危機感なさ過ぎでしょ』

シャルもヨームも、騎士学校で優秀な成績を収めている。

そんな二人からすれば、最低限の仕事すら出来ていないメレアの状況は苛立つのだろう。

ただ、それでもラッセルのように怒りを抱くことはないようだ。

「旧軍の残りカス共が！」

ラッセルが味方を罵る言葉を吐くと、モニターに映る部下たちが困惑した表情をしていた。

ヨームがシャルに話しかける。

『隊長ってば今日は特にご機嫌斜めだね』

『珍しぃ』

◇

第三小隊がメレアから出撃すると、既に戦闘が開始されていた。

アタランテで出撃したエマは、コックピットの中で一度奥歯を噛《か》みしめる。

「こちら第三小隊。メレア、指示を請う！」

何者かに襲撃を受けている状況なのは明白だが、母艦から詳細が伝わってこない。

メレアのオペレーターに現状の確認を行うのだが、返答は酷《ひど》い。

『数は――艦艇が二百？　いや、三百か？　どうせ宇宙海賊だろ。司令、どうします？』

オペレーターがティム大佐に指示を求めると、返ってきたのは耳を疑う言葉だった。

『味方が優勢なら、こちらが無理をする必要もないだろ』

『――だとさ。適当に味方の支援でもしていろ』

それを聞いて、エマは我慢できずに声を荒らげる。

「味方が戦っているんですよ！」

すると、ブリッジにいるティム大佐が冷たい声でエマに忠告する。

『お気に入りの玩具《おもちゃ》を実戦で試したいところを悪いが、無茶をしてダグたちを殺すのは勘弁してくれよ。――命令は味方の支援だ』

それ以上は何も言わないメレアのブリッジに、エマは悔しさから眉根を寄せる。

「こんなの、前とちっとも変わらない」

――どれだけ装備を更新しても、中身が腐っていては意味がない、と。

ラッセルの言葉が、エマの心に突き刺さっていた。

そんな時だ。

近くの戦場で活躍する小隊がいた。

「ラッセルの小隊？」

三機のネヴァン・カスタムが相手にしているのは、モーヘイブのような特徴があまりない機動騎士だった。

これまで相手をしてきた宇宙海賊にしては珍しく、連携を重視した戦い方をしている。

そんな敵を相手に、ラッセルたちは活躍していた。

◇

ネヴァン・カスタムに乗るシャルは、ヘルメットの下で舌舐《したな》めずりをしていた。

相手をしている宇宙海賊の機動騎士は、明らかに一般人ではない。

敵機を追いかけ回していると、ラッセルが注意を呼びかけてくる。

「へぇ、強いじゃん」

『気を付けろ、相手は強化兵士だぞ』

強化兵士と聞いたシャルは、頭の中で単語を検索するように思い出す。

アルグランド帝国では聞き慣れない単語だが、知識としては知っていた。

教育カプセルでインストールした知識に入っていた。

「強化兵士？――あぁ、ルストワールの騎士ですか」

相手はルストワール統一政府の騎士――強化兵士と呼ばれていた。

シャルにはどうでもいい話だが、一つ気になることがあった。

「つまり、騎士相当の実力者ってことですよね？」

『そうだ』

ラッセルから言質を引き出したシャルは、自分から逃げ回る敵機と周辺部隊を見て好戦的な笑みを見せた。

「それなら、僕のスコアにしてあげるよ！」

アハッ、と言って笑みを浮かべると同時に操縦桿《かん》を素早く動かす。

フットペダルを踏み込んで加速すると、シャルの機体は銃撃をかいくぐって敵機に接近していた。

そのまま高出力のレーザーブレードを敵機のコックピットに突き刺す。

「まずは一つ！」

味方が撃破されたことで、強化兵士が乗り込む機動騎士たちが、シャルの機体を危険と判断したのか迫ってくる。

帝国の騎士よりも連携を重んじるようで、宇宙海賊というよりも軍隊らしさを感じる。

だが、シャルは敵機の動きを確認すると即座に反応した。

隙の多い敵機を確認して襲いかかり、レーザーブレードをコックピットに一突き。

「二つ！」

撃破した敵機を蹴り飛ばすと、三機目に視線を向ける。

二機目を撃破した間に、残りの敵機はシャルの機体を囲むように動いていた。

『迂闊《うかつ》だぞ、シャルメル！』

『また俺たちでシャルのフォローだよ』

——ラッセルとヨームが、シャルのフォローに入った。

戦場で暴れ回るシャルに文句を言っているが、それでもフォローは欠かさない。

そうしている間に三機目を撃破したシャルは、続いて立て続けに四機目、五機目を撃破する。

「これで五つ!!　やったぁぁぁ！　これで特別手当ゲットォ～」

嬉《うれ》しそうにするシャルは、五機目の撃破を確認すると動きを変えた。

これまで単独行動をしていたわけだが、ラッセル機の後方に回ると打って変わって支援に専念する姿勢を見せた。

変わり身の早さに、ヨームが呆《あき》れを通り越して感心している。

『戦果としては十分だけど、特別手当が確定したら大人しくなるのってどうなのさ？』

ヨームの小言に、シャルはどこ吹く風だ。

「これ以上頑張っても無意味でしょ。撃墜数っていうのは、効率的に伸ばさないとね」

無駄話をする二人をラッセルがたしなめる。

『そこまでにしておけ。苦戦している味方の救助に向かうぞ。それから、護衛対象からは目を離すなよ』

シャルは生真面目なラッセルを面倒に思いながらも、指示には従う。

「了解ですよ。ここからは隊長の指示に従いま～す」

ヨームが小さくため息を吐《つ》く。

『もっとやる気を出してほしいよ。そうすれば、俺が楽できるっていうのにさ』

「考えておくわ」

『そう言って改善したことがないんだけど？』

そのまま小隊は、苦戦している味方の救援へと向かう。

◇

ラッセル小隊の活躍を見せられたエマは、呆気にとられていた。

特別手当狙いのシャルにも驚いたが、一番はその優秀さだった。

「――三人とも強い」

エマに対して当たりの強いラッセルだが、言うだけの実力を持っていた。

「それに比べて、あたしは――あたしの小隊は――」

チラリと後方に視線を向ければ、アタランテを追いかけてくるラクーンが二機。

その機動はやる気が感じられない。

ラリーとダグの会話が聞こえてくる。

『あいつら、命令は無視ですか？　司令が無茶をするなと言ったでしょうに』

『あの小隊は別枠だ。独自の権限で動けるそうだ。――まったく、騎士様はどこでも特別扱いだな』

ラッセル小隊の活躍を見ても、出てくるのは僻《ひが》みだった。

エマは悔しさと惨めさ、様々な感情に襲われながらも気持ちを切り替えて命令を出す。

「あたしたちも急ぎます。速度を上げて！」

すると、ラリーとダグからはやる気のない返事が返ってくる。

『同期に刺激されてやる気になったのか？』

『言ってやるなよ、ラリー。それじゃあ、急ぐとしますか』

文句を言いつつも命令に逆らうことはなくなったが――エマは、自分の小隊はこのままでいいのだろうか？　と悩むのだった。

第四話 ▼ 期待の若手

バンフィールド家の艦隊を率いる旗艦の戦艦で、宇宙海賊による襲撃について話がされていた。

戦艦内に用意された応接室では、モニターに都市部の夜景が映し出されていた。

艦内時間は夜。

部屋の灯も暗くされ、二人の女性がいて向かい合っている。

一人は赤い髪に褐色の肌の【パトリス・ニューランズ】だ。

グラマラスな肉体を包むのは、胸元の開いたスーツである。

色気を漂わせる若い女性であり、ニューランズ商会の幹部である。

今回の護衛対象である大型輸送艦の所有者だった。

パトリスが、モニターの前に立って都市部の夜景を眺めている女性騎士に話しかける。

「統一政府の支配する宙域で、いきなり襲撃されるとは思いませんでした。先が思いやられますが、用意した大型輸送艦の三隻は、私の虎の子です。必ず守りきってくださいね」

パトリスが保有する輸送船の中でも、超大型は三隻だけだ。

ただ大きいだけではなく、内部には様々な魔法技術も施されている。

空間魔法を使用しているので、実際に積み込まれた物資の量は見た目の何倍も存在する。

一隻失うだけでも大損害だった。

二隻も失えば、致命的な損害となるだろう。

パトリスの幹部の地位が揺らぎ、再起は絶望的となるほどに。

不安から表情の優れないパトリスに振り返るのは、紫色の髪と瞳を持つ人物だ。

サラサラとした髪が振り返る際に広がり、引き締まった肉体には程よく肉がついている。

一見すれば脆《もろ》くも見える姿だが、そもそも騎士だ。

骨や筋肉の密度が常人とは異なっている。

細い体からは想像も出来ない膂力《りょりょく》の持ち主である。

あのクリスティアナと並ぶ実力者で、バンフィールド家を支えている騎士の一人だ。

騎士としては超一流を超え、人外の領域に足を踏み入れた【マリー・マリアン】だった。

振り返ってパトリスを見る瞳が、暗い部屋で僅かに光っているように見えた。

「ちゃんと退けたでしょう？　心配しなくても、このマリー・マリアンが大事な輸送船を守り切って差し上げますわ」

胸に手を当てて微笑《ほほえ》むマリーに、パトリスは物憂げな表情をする。

「期待はしていますが、統一政府は帝国と事情が異なっています。宇宙海賊たちの性質も異なりますからね。――実際に、護衛艦隊は苦戦していたように見受けられましたし」

違う星間国家。

帝国とは事情が異なっているのだが、それは宇宙海賊たちにしても同じだ。

統一政府の支配下で活動する以上、帝国の宇宙海賊たちと同じやり方では通用しない部分も出てくる。

宇宙海賊たちの性質も変化しており、護衛艦隊が苦戦を強いられたのは事実だ。

帝国の宇宙海賊たちとは戦い方も異なっていた。

星間国家など無視して活動する宇宙海賊たちも大勢存在するが、多くは縄張りを持っている。

今回退けた宇宙海賊たちは、統一政府の支配下で活動するこれまでと違う手合いだった。

パトリスの言う通りなのだが、マリーは笑みを浮かべる。

先程の微笑みは消え去り、まるで獰猛《どうもう》な猛獣が笑っているような印象を受ける顔をしていた。

「多少の違いはあろうとも、奴《やつ》らの本質は同じよ。狩るのに何の問題もないわ。それに、先程の戦いで部下たちもこちらでの戦いに慣れたでしょうしね」

クリスティアナと並ぶ実力者――そう言われているが、パトリスから見れば二人の本質は異なっている。

理想の騎士を思わせるクリスティアナに対して、マリーという騎士は荒々しい戦士という印象が強い。

どれだけ言葉を取り繕っていても、滲《にじ》み出る暴力性は隠しきれていなかった。

パトリスは冷や汗をかくが、同時に頼もしさを感じて笑みを浮かべる。

「私の期待を裏切らないでくださいね」

強者たちと幾度も商談を成立させてきた商人としての意地が、パトリスをマリーの前で堂々と振る舞わせてくれていた。

マリーが頷《うなず》く。

「もちろんよ。あのお方のためにも、絶対に成功させてみせますわよ」

◇

パトリスとの打ち合わせが終わったマリーは、部屋を出て通路を歩いていた。

艦内時間が夜になっているため、通路も薄暗い。

マリーの斜め後ろには、ボサボサの髪に無精髭《ひげ》を生やしたヘイディがいる。

副官として先程の会話も聞いていたが、口出しはせずに見守っていた。

「クライアントの接待は大変だな、マリー」

副官ではあるヘイディだが、上官のマリーに対しては呼び捨てだった。

規律も礼儀もないが、マリーはそれを責めない。

むしろ、居心地の良さを感じているくらいだ。

「あの方のご命令でなければ、適当な奴に押しつけていたところよ。ヘイディ、今度からあなたが相手をしてやりなさい」

パトリスの相手をしろ、そう言われたヘイディが頭をかく。

「冗談は止《よ》してくれ。俺はお前と違って、お上品に振る舞えない」

「抜かせよ」

口調を変え、微笑を浮かべるマリーだったが、次第に表情は消えて目つきが鋭くなっていく。

「――それで、味方の様子はどうなのかしら？」

曖昧な問いかけだが、ヘイディは小さくため息を吐いてから答える。

口も態度も悪いヘイディだったが、仕事には手を抜かない。

そんな男だから、マリーはヘイディの無礼を許している。

ただの態度の悪い男ならば、副官などには選んでいない。

「質も練度も問題なし。ついでに一部を除いて士気も高く、流石《さすが》はバンフィールド家の艦隊だと胸を張って言える。――だが、圧倒的に経験不足だな」

最初こそ冗談を言うように声高らかだったが、最後になると真剣な表情になっていたヘイディの様子からマリーも察したらしい。

「規模を拡大したせいで、実戦経験の乏しい連中が増えたわね。パトリスが心配するのも無理ないわ」

守り切ると約束はしたが、率いている艦隊に問題がある。

経験の有無だが、マリーたちの言う経験は少し違う。

ヘイディが肩をすくめる。

「どいつもこいつも、たった数回の実戦経験を誇るヒヨコ共だ。せめて三桁――いや、十回でも戦場から生き残っている連中なら、こんな心配をせずに済んだんだけどな」

戦場を経験した数が、たったの数回では話にならない。

マリーとヘイディにとって、その程度の実戦経験では頼りなかった。

そして、ヘイディが特に問題のある部隊を挙げる。

「というか、一番の問題児はマリーが名指しで引き抜いた連中だよ。あいつら、後ろで震えていたぜ」

戦場で後方に下がって戦いをやり過ごしていたと聞き、マリーの表情が一変する。

目を見開いていた。

「何だと？」

マリーを激怒させてしまったヘイディだったが、態度は変わらなかった。

むしろ、マリーを更に怒らせる話をする。

「あのお方の肝いりで開発した機体も活躍しなかったな。撃墜数はまさかのゼロだぜ。ゼロ！　まぁ、軽空母が後方に下がっていたし、出撃が遅れたのも影響していそうだけどな」

ヘイディは続けて、ラッセル小隊についても話をする。

「お前がメレアに押しつけたエリート様たちも、足を引っ張られたみたいだ。期待していた活躍はしていないな。――さて、どうするよ、マリー?」

違和感のあるお嬢様言葉を使うマリーだったが、ここに来て素が出る。

取り繕う雰囲気を全く見せない。

頭に血が上っている証拠である。

「――この艦に呼び出せ。あたくし自ら鍛え直してやるよ」

先を歩くマリーを見て、肩をすくめるヘイディが言う。

「期待されている若手たちを壊さないでくれよ」

注意されたマリーだが、返答は冷たい。

「この程度で壊れるなら期待する価値もない」

◇

「本当にこのままでいいのかな」

宇宙海賊たちとの戦闘が終わり、帰還したエマは自室のベッドで横になっていた。

士官用の個室にはプラモデルや、製作に関わる道具が置かれて足の踏み場もない。

壁には液体が満たされた特殊なケースが用意され、その中に完成したプラモデルを飾っていた。

一番目立つ場所に飾られているのはアヴィドと、ネヴァンのプラモデルを改造して製作したアタランテだった。

立体印刷機で製作したパーツを組み合わせ作った自信作だ。

趣味のプラモデルに囲まれた部屋で、エマは膝を抱えるように横になる。

「同じ状況でも活躍したのはラッセルの小隊だった。あたしにはアタランテがあっても、今のメレアじゃ活躍する機会がないよ」

ティム大佐の命令で支援に回った。

エマには何の落ち度もない。

だが、メレアの状況改善を考えているエマには大問題だ。

最新鋭の設備と兵器が用意されながら、期待された活躍をせずに後方に回るなど軍では裏切り行為に等しい。

すぐに問題視され、メレアもラクーンも取り上げられてしまうだろう。

アタランテも同様だ。

エマだけは専属パイロットとして引き抜かれる可能性が高い。

だがクルーは？　第三小隊のメンバーたちは？

辺境治安維持部隊改め、技術試験隊になったばかりなのに部隊は解散させられるだろう。

その時、軍に彼らの居場所はない。

軍隊でしか生きていけないのに、居場所がない彼らの未来は明るいだろうか？

エマが一人で不安になっていると、端末に命令が届いた。

枕を抱き締めていたエマが、慌てて上半身を起こして命令を確認する。

『エマ・ロッドマン中尉は護衛艦隊の旗艦に出頭せよ。旗艦より迎えの小型艇を出すので、ラッセル小隊と共に来るべし。また、ロッドマン中尉は単独で来るように』

ラッセルたちと一緒に、旗艦に出頭せよという命令が出された。

これにエマは青ざめる。

「任務中に呼び出して……まさか、部隊が解散させられちゃうの!?」

ベッドを出て慌てて着替えをするエマは、旗艦で何を言われるのかを考えて胃が痛くなった。

◇

(ひえぇぇぇ!!　とんでもない事になっちゃったよぉぉぉ!!)

叫びたい気持ちを我慢するエマは、小型宇宙艇に乗って旗艦を訪れていた。

集められたのは自分と、ラッセル小隊の三名だった。

消極的な戦闘を叱責されると覚悟していたのだが、どうにも様子がおかしい。

エマたちが通された部屋で待っていたのは、護衛艦隊のトップである司令官だった。

四人が目の前にしているのは、椅子の背もたれを抱きかかえるように座るマリーだ。

逆向きに座ったマリーは、不満顔でエマたちを見ている。

「言い訳できる程度に戦場に留《とど》まり、その後の戦闘には消極的に参加――あたくしを満足させる言い訳は用意できているのかしらね？」

宇宙海賊との戦闘の際、消極的だったことを咎《とが》められる。

当たり前の話ではあるのだが、問題なのは問い詰めている人物だ。

マリー・マリアン――バンフィールド家の私設軍での階級は中将。

帝国正規軍でも准将の階級を保有していた。

そして、騎士ランクは最高ランクの「ＡＡＡ」。

エマの教官を務めたクローディアよりも上で、最上位の騎士ランクだ。

目の前にいるのは、バンフィールド家を代表する騎士の一人だった。

わざわざメレアのために、出張ってくるとは思えない大物の登場だ。

不満顔をしているだけだが、その実績と迫力からエマは威圧されているように感じた。

ラッセルたちも同様なのだろう。

あのシャルでさえ、不遜な態度はなりを潜めている。

エマが答えられずにいると、ラッセルが一歩前に出た。

「母艦が消極的な動きを見せましたが、我が小隊は奮戦したと自負しております！」

その意見に、マリーは小さくため息を吐《つ》く。

「そうね。あの状況でならまずまずの戦いぶりだったわよ。これが普通の騎士なら、拍手をして喜んでいたでしょうし、もっと活躍できる場所に推薦もしていたわ。――けど、お前らは普通の騎士じゃないだろ？」

マリーが全員を睨《にら》み付けると、それだけで空気が重く感じられた。

「っ!?」

ラッセルも冷や汗を流しており、何も言い返せずにいる。

マリーは席を立つと、エマたちに近づいてくる。

「他の騎士たちよりも優遇されているお前らが、普通の戦果を挙げて頑張りました、なんて言い訳が通用すると本気で思っているのかしらね？——そんなふざけた考えを持っているなら、この場でぶち殺しますわよ」

違和感のあるお嬢様言葉を使うマリーだったが、笑う者は誰一人としていなかった。

笑ったら殺される——そんな直感があった。

何より、マリーの言葉は正しかった。

軍で特別な待遇を受けるというのは、それだけ価値があると認められているからだ。

その価値を示さなければ、当然ながら問題になる。

言い返せずに黙っているエマに、マリーが視線を向けて来た。

「アタランテのパイロット」

「は、はい!?」

背筋を伸すエマに、マリーは歩み寄ると顔を近付けた。

クリスティアナとは違う野性味溢《あふ》れる美女に、エマは一瞬だが見惚《みと》れてしまった。

しかし、マリーの鋭い眼光にすぐに現実に引き戻されてしまう。

「どうして戦闘に参加しなかったのかしら？」

紫色の瞳に見つめられたエマは、視線を逸らせなかった。

逸《そ》らしたら駄目だ、と直感が告げていた。

だが、うまい返しなど思い付かず、正直に話す。

「め、命令に従いました」

ティム大佐の命令に従ったのだから、エマ個人には問題はない、と。

「あら、それでは仕方がありませんわね――とでも言うと思ったか！」

笑顔で仕方がないと言ったかと思えば、直後に般若《はんにゃ》のような顔をしたマリーが、エマを否定する。

エマが髪の毛が逆立つくらい驚いていると、マリーが真剣な表情で問い掛けてくる。

「騎士とは何か答えなさい」

「え？」

急に問われたエマは、意味が理解できなかった。

マリーは問い掛けてくる。

「いいから答えなさい。騎士という存在は何？」

エマは考えながら答えを絞り出す。

「え、えっと、騎士は幼い頃から教育と強化を受けた存在です」

だが、マリーはエマの答えを気に入らなかったらしい。

「あたくしが求めている答えじゃないわね」

理不尽な物言いに困ったエマは、このままではメレアが解散させられるという嫌な予感がした。

(もうどうにでもなっちゃえ!)

覚悟を決めて、エマは本心をぶちまける。

「正義の味方です! 騎士は——弱い人たちを守る存在ですから!」

その返しを聞いていたラッセルが、唖然《あぜん》としていた。

小さく頭を横に振っている。

「君はここまで馬鹿だったのか」

他者が聞けば青臭いとか、甘すぎるとか言うような理想だった。

だが、マリーは違う。

両手を腰に当てて、愉快そうに笑っていた。

「いい。いいわよ、アタランテのパイロット! 誰にも譲らないわがままこそが、騎士の本質でしてよ!」

「——へ?」

正義の味方を名乗っても怒られるどころか、逆に面白がられてしまった。

エマの方が困惑していると、マリーが似非《えせ》お嬢様口調で語る。

「統一政府では騎士のような存在を強化兵士と呼んでいるわ。奴《やつ》らとあたくしたち騎士とは違う扱いを受けているそうよ」

帝国では騎士と呼ばれているが、統一政府では「強化兵士」として扱われる。

騎士のような特権や待遇を与えられていなかった。

帝国よりも効率的に騎士──強化兵士を道具として運用していた。

マリーは四人を前にして表情を改め、真剣な顔をする。

「強化兵士のように道具でありたいなら、命令にだけ従っていればいいのよ。でも、特別な騎士でいたいのなら、我を通せるだけの力を持ちなさい」

四人がその言葉をどう受け止めるか考えていると、マリーが満面の笑みを浮かべる。

「そういうわけで、これから全員、あたくしのトレーニングに付き合いなさいな」

「ごふっ!?」

旗艦に呼び出されたエマたちは、何故《なぜ》かトレーニングルームに連れて来られていた。

艦内に用意された騎士専用のトレーニングルームでは、中央にリングが用意されている。

普段は騎士同士が試合などをして、より実戦的に鍛えているのだろう。

他にもトレーニング用の設備が騎士用だ。

司令官が騎士である旗艦だけあり、騎士用の設備が充実していた。

そんな充実したトレーニングルームで、リングに上げられたエマたちは――マリーと戦わされていた。

四対一で戦いが始まったのだが、開始早々からマリーが圧倒的な強さを見せつけていた。

「どうしたのかしら？　この程度とは言わないわよね、エリート君？」

ラッセルの逆立てた髪を摑《つか》み、そのままリングの床に叩《たた》き付ける。

既にヨームは気絶して床に倒れ込んでいた。

周囲には旗艦に所属している騎士たちの姿があり、野次を飛ばしている。

「やっちまえ、マリー！」

「おいおい、もっと頑張れよ新人共」

「くそっ！　大穴狙いで四人に賭けるんじゃなかったぜ！」

周囲にいるのは荒々しい騎士たちだが、エマは気にしている余裕がなかった。

（こっちは四人で、しかも武器を持っているのに！）

エマたちが持っているのはショックソードと呼ばれる武器だ。

訓練用であり、相手を痺《しび》れさせるが致命傷を与えることはない武器だ。

そんなショックソードを持ったエマたち四人を相手に、マリーは丸腰で戦っている。

ラッセルを放り投げたマリーは、様子を見ているエマたちに右の手の平を上に向けて指を曲げた。

――かかってこい、と挑発してくる。

「舐《な》めやがってよぉ！」

その挑発に乗ったのは、ショックソードを二本持つシャルだった。

六十センチ程度の長さの短剣二本を持ち、マリーに飛びかかる。

その動きを見ていたエマは、シャルに驚く。

（速い!?　それにこの子、白兵戦もかなり強い！）

天才と言われるだけあって、シャルはマリーをリングの隅に追い詰めていく。

短剣二本を器用に振り回して、手数で押し切ろうとしているようだ。

二刀流による連撃に雑さはなく、エマから見ても流れるような動きだった。

（本物の天才なんだ）

シャルの動きに、エマは自分との実力差を感じ取っていた。

しかし、どの攻撃もマリーに見切られて避けられていた。

「さっきの二人よりは楽しめるわね」

「糞《くそ》が！」

「言葉遣いが汚くてよ」

追い詰められたはずのマリーだったが、シャルの猛攻をくぐり抜けた。

いや、シャルが遊ばれていた。

エマはマリーの表情を見て、隙を狙われていると気付いてしまった。

「駄目、無闇に近付いたら！」

声をかけた時には遅かった。

マリーは不用意に飛び込んできたシャルの頭部を鷲摑《わしづか》みにすると、そのまま投げ飛ばしてしまう。

床に叩き付けられたシャルが、受け身を取って立ち上がると口元を拭う。

「ここまで差があるなんて」

信じられないという顔をするシャルを前に、マリーはわざとらしくガッカリして見せる。

「噂《うわさ》の天才ちゃんもこの程度ね」

挑発する態度に、シャルは露骨に感情を高ぶらせていた。

「は？　僕が得意なのは機動騎士だし。そっちなら僕が勝つよ」

「無理よ。機動騎士で勝負しようと、あなたじゃあたくしには勝てないわ」

言い切られてしまったシャルが、眉間に皺《しわ》を作っているとマリーがその理由を教えてやる。

「小利口だから小さくまとまっているのよ。戦場に出れば毎回のように五機を撃墜して、後は適当に流すだけ。もう少し上を目指してご覧なさいな」

マリーの言葉に、シャルは鼻で笑っていた。

これまで何度も言われてきたのだろう。

シャルは自分のやり方を変えるつもりがないらしい。

「いくら頑張ったところで、手当は出ないでしょ？　頑張るだけ無駄だよ」

バンフィールド家では、一度の戦闘で騎士の乗った機動騎士を五機撃墜すると特別手当が支給される。

シャルメルは特別手当狙いで撃墜しており、六機目を狙わないのは意味がないからだ。

マリーはクスクスと笑っていた。

「二十機以上を撃破してみなさい。勲章と一緒に、手当よりも高額な金一封がもらえるわよ」

「いや、流石《さすが》にそれは……」

一度の戦闘で二十機以上を撃破すると、バンフィールド家では勲章が授与される。

これは騎士の乗る機動騎士を対象としており、非常に獲得が困難な勲章の一つだ。

用意される金一封も多額になるため、シャルが資金目的ならば狙うべきと言う。

だが、シャルはそれを無理だと思っているらしい。

マリーが冷めた目を向ける。

「だから小利口止まりなのよ。お前のような天才は掃いて捨てるほどいるけれど、そいつらが大成する確率は低いわ。お前もその一人よ」

天才と呼ばれもてはやされる者も多いが、その多くが途中で挫折をする。

「それなら、アンタを倒してしょうめ――」

証明してみせる――そう言い終わる前に、マリーがシャルに接近して拳を見舞っていた。

シャルは気付くことなく意識を刈り取られてしまう。

ラッセル小隊の三人が意識を失ったのを確認すると、マリーが小さくため息を吐《つ》いた。

「準備運動にもならないわね」

実際に汗一つかいていなかった。

エリートたちが、まるで相手にならないことにエマは僅かにショックを受ける。

残ったエマは、ショックソードを構えるも腰が引けていた。

自分では勝てない、と心の中で思っていた。

「っ！」

一人となったエマは、マリーに対してどのように戦うか考える。

しかし、どうやっても勝てるイメージが思い浮かんでこない。

両手を腰に当てたマリーが、そんなエマを観察するように見ている。

(どうせ何もせずにいても負ける。——だったら！)

エマが踏み込んで一気に距離を詰めると、ショックソードを斜め下から斜め上と斬り上げた。

強化された騎士の肉体による斬撃だ。

一般人なら避けるのは困難だろう。

しかし、マリーは微笑《ほほえ》みながら一歩後ろに下がって避ける。

「浅いわね」

「っ!?」

(避けた!?　しかも紙一重なんて!!)

ショックソードの刃がギリギリ触れない程度で避けたマリーを見て、エマは信じられなかった。

驚いた瞬間に、今度はエマの腹部にマリーの拳が打ち込まれる。

「かはっ!!」

内臓が飛び出るのではないか？　そう錯覚するような一撃は、エマの肺から空気を一気に吐き出させた。

エマが吹き飛んで床を転げる。

(見えていたのに、何も出来なかった)

床に倒れ込むエマに、野次馬たちの声が聞こえてくる。

「これで終わりか？」

「ヒヨッコ共はこの程度だろ」

「見込みがあるのは、二刀流の奴だけだな」

試合が終わったような雰囲気を出す野次馬たちだったが、エマは腹痛に耐えながら何とか立ち上がる。

「ま、まだまだ」

脚が震えてまともに立ち上がれないのだが、そんなエマの姿を見たマリーが意外そうな顔をした後に――微笑んだ。

「いい根性をしているじゃない。嫌いじゃないわよ」

そう言われた瞬間に、マリーがエマに急接近してくる。

「え？」

エマが気付いた時には、視界に天井が広がっていた。

そのまま意識が刈り取られてしまったため、マリーが何をしたのかわからなかった。

◇

リングの上に倒れ伏す四人を見下ろすマリーに、ヘイディが近付いてくる。

「あ～あ、エリート共が秒殺かよ。若手のプライドをへし折って楽しいのか？　意地の悪い上官になっちまったな、マリー」

マリーのやり方にやや否定的な立場なのだろう。

ヘイディはシャルに視線を向ける。

「期待できそうなのはこの子だけだな。他は良くも悪くもお行儀良くまとまった普通の騎士って感じだ。やっぱり、教育した連中の影響だな」

周囲の野次馬たちも散り、今はそれぞれがトレーニングを行っている。

若手たちへの興味は失《う》せてしまったらしい。

だが、マリーは気を失っているエマを見下ろしていた。

「――ヘイディ、この子を残して、他は手当てをしなさい。目覚めたら母艦に戻していいわよ」

マリーの命令を聞いて、ヘイディが僅かに驚く。

何しろ、マリーが残すように指示を出したのは、シャルではなかったから。

「残すのは天才ちゃんじゃないのか？」

マリーが自分の乗艦に残すならば、シャルの方だと思い込んでいたらしい。

だが、マリーが見下ろしているのはエマだった。

「そっちはいいわ」

ヘイディが小さくため息を吐くと、エマの方を見ながら頭をかく。

「マリーの好みは凡人ちゃんか――まぁ、どっちでもいいけどよ。この凡人ちゃん、マリーに選ばれたのは不幸だな」

不幸と言い切るヘイディに、マリーが意味ありげな笑みを向けた。

「運動不足で困っていたところよ。ヘイディ、あたくしの相手をしなさい」

「え、俺が!?」

◇

ラッセルたちは無事にメレアに帰還したが、その中にエマの姿はなかった。

格納庫では、ラッセルたちがマリーについて話をしている。

「あの女、僕のことを馬鹿にしやがって」

戻ってきてからというもの、シャルのご機嫌は斜めである。

マリーに完膚なきまでに叩《たた》きのめされ、小利口と称されたのが許せないらしい。

それはつまり、マリーの言葉が的を射ていた証拠でもあった。

ヨームは相手が悪かったと、シャルを慰める。

「最上位のAAAランクは伊達《だて》じゃないよね。俺たちじゃ相手にもならないよ。隊長も瞬殺でしたし」

ヨームがラッセルに視線を向けると、本人は目を閉じていた。

腕を組み僅かに震えている姿は、太刀打ちできなかった自分を恥じているようにも見える。

普段見せないラッセルのそんな姿に、ヨームは声をかける。

「隊長？　悔しい気持ちは理解しますけど、今回は相手が悪すぎますよ。負けたからって悔しがらなくても――」

「――私は感動しているんだ！」

「へ？」

両手を広げて叫ぶラッセルに、ヨームとシャルがギョッとした顔をした。

ラッセル本人は二人を無視して身振り手振りを加えて、今の気持ちを熱く語り始める。

「かつてバンフィールド家の両翼とまで呼ばれたマリー様に、鍛えて頂けるなんて思いもしなかった。悔やむのは一瞬で終わったしまった事だ。次回があるかわからないが、その日のために私はもっと強くなりたい。いや、強くならねばならない！」

瞬殺されたのに感動しているラッセルの姿を見て、ヨームとシャルが顔を見合わせる。

「バンフィールド家の両翼って聞いたことある？　俺はないよ」

「さぁ？　でも、隊長ってバンフィールド家オタクでしょ？　一般的じゃない二つ名とかにも詳しいわよね。――ちょっと引くわね。これさえなければ、完璧なんだけどなぁ」

どうやらバンフィールド家に対して、忠誠心とは別に並々ならぬ感情を抱いているようだ。

騒がしいラッセル小隊の会話を聞いていたのは、一人戻って来なかったエマ率いる第三小隊の面々だ。

ダグが小さくため息を吐く。

「呼び出されたと思ったら、今度はお嬢ちゃんを残して帰れ、か。上層部は何を考えているのやら」

アタランテとセットで運用するはずなのに、別々の艦に乗せては意味がない。

上層部の批判をするため、まっとうな意見を述べていた。

ラリーも便乗するように文句を言う。

「騎士が司令官だから大雑把過ぎますね。優秀と言われていてもこの程度ですよ」

二人が上層部への不満をこぼす中、モリーだけがエマを心配していた。

「エマちゃんだけ残されるとか、もしかして思っていたより罰が重いのかな？」

不安の原因は、メレアの戦闘への消極性だ。

その責任をエマが取らされているのではないか？

モリーの不安を聞いたラリーは、肩をすくめる。

「馬鹿馬鹿しい。命令を出したのは大佐だよ。責められるのは大佐であって、中尉のあいつじゃないさ。責める相手が違うし、それくらいは偉い人たちもわかるでしょ」

ラリーの正論に対して、モリーは感情的に嚙《か》みつく。

「――大体、ラリーとダグさんがやる気がないからエマちゃんが怒られたんじゃないの？」

モリーの不安を解消しようとしたラリーだったが、逆に責められるとは思わなかったのか困惑していた。

エマに対して協力的ではないのも身に覚えがあるため、少しばかり罪悪感があるらしい。

「いや、それは違うだろ！　た、多分」

否定はするが、目の泳いでいるラリーを見てダグがため息を吐く。

「俺たちの責任なら、うちの大佐が叱責されるだけだろうさ。お嬢ちゃんの件とは別だろうな」

ダグに言われ、モリーが口を尖《とが》らせた。

「それなら、エマちゃんだけが残されるとかあり得ないと思うんですけど」

そんなモリーたちの会話に、割り込んでくるのはラッセルだった。

会話が聞こえていたのだろう。

――ラッセルは不快感をあらわにしていた。

「隊長が能天気なら、部下たちも能天気になるらしいな」

侮辱されたと思ったラリーが、騎士を相手に睨《にら》み付ける。

「エリート様が僕たちの会話を盗み聞きするとは思わなかったよ」

反抗的な態度を取るラリーに、モリーとダグは「またこいつは」と呆《あき》れたような、それでいて焦ったような顔をしていた。

騎士という存在に、一般の兵士が喧嘩《けんか》を売っても勝負にすらならないのだから。

まして、帝国に属するバンフィールド家では騎士は特権を持っている。

睨まれたラッセルだが、ラリーに手を出すつもりはないらしい。

ただ、冷たい視線を向けているだけだ。

「ロッドマンには少しばかりだが同情するよ。お前たちのような腐った連中を押しつけられたんだからな」

ラッセルの言葉に、ラリーが怒りをあらわにする。

「あん？」

「反抗的な態度を取る前に、自分の行いを省みるべきだ」

それだけ言って、ラッセルは小隊メンバーを連れて格納庫を去って行く。

第六話 ▼ スタイル

「はぁ――はぁ――」

心臓が張り裂けそうなほど音を立てていた。

いくら呼吸をしても酸素が足らず、苦しくて仕方がない。

噴き出た汗で体が濡《ぬ》れている。

筋肉や骨が悲鳴を上げ、体がもう限界だと伝えてくる。

全身を覆う特殊スーツに身を包んだエマは、両手で防御の構えを取っていた。

「もう限界なのかしら？」

リング上で相手にしているのは、トレーニングウェアを着用したマリーだった。

手にグローブを装着しているだけで、後は薄手のウェアのみ。

特殊な防御スーツを着用しているエマとは正反対だ。

エマの方は、対ショック性を追求した膨らみのあるスーツになっている。

見ようによっては、人形のサンドバッグを相手にマリーが打撃を打ち込んでいるようにしか見えないだろう。

ただ、そんなエマの手にはショックソードが握られていた。

周囲には武器が散乱しており、全てエマが試し終えた武器だった。

（酸素が足りない。頭がボンヤリしてくる――）

マリーの打撃を受けても倒れずにいられるのは、特殊スーツのおかげだ。

打撃の威力を吸収してくれるため、初日のように一発で終わることはない。

条件だけを見れば、エマが圧倒的に有利であった。

実際にマリーの打撃を受けても、意識を刈り取られる程ではない。

しかし、呼吸が苦しく、スーツ自体が重いため思うように動けない。

エマも騎士として鍛えてはいたが、それでもマリーの相手をするのは過酷すぎた。

限界で動くのもやっとのエマに、マリーは拳や蹴りを放ちながら指導を行う。

「お行儀の良い戦い方を捨てるのね。自分に合ったスタイルを追求しなさい。殻を破らない限り、いつまでもヒヨコのままでしてよっ！」

マリーの蹴りがエマの腹部に突き刺さると、そのままリングの隅《つ》に吹き飛ばされる。

エマが倒れ込んで動かなくなると、マリーは小さくため息を吐く。

僅かに滲《にじ》んだ汗を拭いつつ。

「強くなりたいのなら、騎士学校で学んだ戦闘スタイルは捨てなさい。アタランテのパイロット、あなたには似合わないわ」

ここに来てようやく休憩を得られたエマは、必死に酸素を取り込みながらマリーに問う。

「そ、そう言われても、騎士学校では一通りの武器を扱ってきました。その中で、自分に合ったものを選んだわけでして――」

既に選んだ後だと言うエマに、マリーは深いため息を吐いた。

「短期教育の弊害ですわね。型にはまる騎士なら問題なくても、型破りな騎士には息苦しいでしょうに」

エマにではなく、この場にいない誰か――騎士たちの教育を任せられた人物に向け、マリーは愚痴をこぼしていた。

マリーは倒れたエマを摑《つか》んで立たせると、トレーニングの再開を告げる。

「自分のスタイルを見つけるまで、徹底的に追い込んであげるわ。――壊れる前に見つけられると良いわね」

加虐的な笑みを浮かべるマリーを前に、エマはゾッとする。

既に体は限界で、精神も追い込まれている。

今すぐ逃げ出したいという気持ちが強いのだが――。

「はぁ――はぁ――」

――エマは持っていたソードタイプのショックソードを捨てて、ランスタイプを手に取る。

槍《やり》でマリーを近付けさせない考えだった。

(逃げたい――でも――あたしは自分のスタイルを見つけたい。もっと強くなりたい！)

騎士として強くなりたい。

マリーとトレーニングを積み重ねれば、今までの自分を越えられそうな気がした。

これを乗り越えられたのなら――自分は憧れのあの人に少しは近付けるかもしれないから。

諦めないエマの姿を見て、マリーの口角は上がる。

とても品の良い笑みとは言えないが、マリーは上機嫌になった。

「その根性、あたくしは評価しますわよ」

槍で距離を取ろうとするエマだったが、簡単にマリーに接近を許して持ち上げられ、リングに叩《たた》き付けられたのだった。

◇

気を失っていたエマが目を覚ます。

どこで気を失ったかも覚えていなければ、これが初めてでもないので慌てない。

旗艦に来てから、気を失うことはしょっちゅうで慣れてしまっていた。

（あれ？　あたしはトレーニング中だったような？）

周囲の喧騒《けんそう》に気付いて場所を確認すると、エマがいたのは艦内にある騎士用のラウンジだった。

ラウンジとは言っても、バーのようにカウンターが用意されて酒も並べられている。

テーブル席には騎士たちがいて、酒盛りを行っていた。

男女関係なく騒ぎ、喧嘩をしている席もある。

幼い頃に父親を迎えに行った際に見た酒場の光景よりも、騒がしくて荒々しかった。

高級感の漂うラウンジには似つかわしくない粗暴な人たちが、楽しそうにしている。

エマが驚きすぎて声も出せずにいると、ヘイディが気付いて近付いてくる。

「お目覚めかい、アタランテのパイロット」

「へ？　あ、はい」

状況の飲み込めないエマを見て、察したらしいヘイディが説明してくれる。

「倒れたお前さんをマリーが連れて来たんだよ」

「司令が？」

視線でマリーを捜してみると、今はカウンター席で高級酒をグラスに注がず瓶のまま飲んでいた。

エマが僅かに引いていると、マリーが気付く。

空になった酒瓶を置き、代わりの酒瓶を手に取ると席を立ってエマの方に近付いてくる。

「目が覚めたようね。一杯どうかしら？」

酒瓶を渡されたエマは、慌てて頭を横に振る。

「す、すすす、すみません。飲んだことがなくて」

「あら？　今の若手は本当に行儀が良いわね。あたくしの乱暴な部下たちにも見習って欲しいわ」

そんなことを言うマリーに、周囲の騎士たちは爆笑する。

「マリーの姉御がお淑《しと》やかになれとさ！」

「一番お行儀が悪い癖によく言うぜ！」

「笑わせてくれるよな！」

上官に対して無礼な物言いをする部下たちに、エマが冷や汗を流す。

マリーは、バンフィールド家でも最上位のランクに位置している騎士である。

エマからすれば、無礼な物言いは絶対に許されない相手だ。

だが、部下たちは気にせず同僚のように接しているではないか。

ここでエマは気付く。

(もしかして、司令は上下関係に拘《こだわ》らないタイプなのかな？)

自分と同じタイプなのかもしれないと思っていると、マリーが振り返って部下たちに言い放つ。

「ぶち殺しますわよ」

笑顔でそう言うと、部下たちはすぐに大人しくなった。

「サーセン」

「怒られちまった」

「あ～、笑った。笑った」

軽い返事をする部下たち。

最初は威圧して黙らせているのかとエマは思ったが、周囲の騎士たちが笑みを絶やさないのを見て気付く。

(あたしと同じじゃない。司令は慕われているんだ。ちゃんと、信頼関係があるんだ)

部下たちがマリーを上官としてだけでなく、騎士として、そして人間として敬っているのが伝わってくる。

(あたしの小隊とは——あたしとは大違いだ)

率いる人数もマリーの方が多くて大変なのに、自分はたった三人の部下もまともに率いられない。

エマが落ち込んでいると、気付いたヘイディが話しかけてくる。

「どうした、アタランテのパイロット？」

「え？　あ、いえ、その……あたしの小隊とは雰囲気が違うので、ちょっと驚きました」

エマの感想にヘイディが苦笑する。

「そりゃあ、お行儀のいいお前さんたちとうちでは違うわな」

「いえ、そういう意味じゃないんです。——あたし、小隊をうまくまとめられなくて」

エマが自分は小隊長として情けないと相談すると、ヘイディがマリーの方に顔を向ける。

近くの椅子に腰掛けていたマリーは、エマの悩みに興味を持ったらしい。

「メレアは元辺境治安維持部隊でしたわね」

それを聞いて、周囲の騎士たちも何かを察したらしい。

酒を飲みつつではあるが、エマの話に耳を傾けている。

マリーがエマに一つ質問をする。

「それで、アタランテのパイロットはどうしたいのかしら？」

問い掛けられたエマは、自分が理想とする小隊像をマリーに説明する。

「それは――普通とは言いませんが、まともな小隊になって欲しいです。今は心が折れてしまっていますけど、昔は命懸けで戦ってきた人たちですし」

これが普通の不良軍人の集まりであれば、エマも見捨てることができたかもしれない。

だが、エマは知ってしまった。

メレアのクルーが、かつては命懸けでバンフィールド家を守っていたことを。

そんな彼らの結末が、軍からの追放では救われないと思っていた。

だから、現状を変えたかったのに――エマの希望を打ち砕くようにマリーは即答する。

「無理ね。あの部隊は変わらないわ」

「え？　で、でも」

何かを言い返す前に、マリーは畳みかけてくる。

「昔は頑張った、では通用しないのよ。過去を否定はしないけれど、だからと言って現在や将来を軽視していい問題にはならないわね」

旧軍自体に頑張ったのは評価しても、現在の状況を考えればメレアに未来はない。

エマは俯《うつむ》いて問い掛ける。

「司令だったら、今のメレアをどう扱いますか？」

「それは任務後のメレアの処遇を聞いているのかしら？」

エマが小さく頷《うなず》くと、マリーは考える素振りも見せずに即答する。

「部隊は解散。クルーの大半は強制的に退役させるわ」

エマが恐れていた処遇そのもので、落ち込んで更に顔色が悪くなる。

暗い表情のエマを見たマリーが、小さくため息を吐いてから言う。

「メレア自体の問題なのよ。それでも改善したいのなら――本気で解決したいのなら、あなたがメレアを率いなさいな」

メレアを率いろと言われ、エマは咄嗟《とっさ》に頭を振る。

「む、無理ですよ！　あたしは騎士でも中尉ですし、全然階級が足りないですし！」

エマの慌てる様子を見ていたマリーが、悪戯《いたずら》っ子のような顔をしていた。

「確かに階級が足りていないようだけど、バンフィールド家では騎士ランクも評価の対象になるのよ。そうね――大尉にでもなれば、今の大佐を押し退《の》けて指揮権を行使できるんじゃないかしら？」

階級とランクにより指揮権が決まるため、騎士が中佐でも、大佐をこき使う場合が存在する。

帝国式の流れを汲《く》むバンフィールド家では、騎士というのはそれだけ重い存在だ。

「で、でも、あたしなんかがいきなりメレアを率いるなんて――」

騎士ならば階級が低くても、上官を指揮下に置けるとは聞いたことがあった。

だが、そこまでしろ、と言われるとはエマも思っていなかった。

困惑しているエマに、ヘイディが補足をする。

「明確な決まりがあるわけでもないが、こればかりは騎士側の器量も関わるからな」

「器量ですか？　だったら、あたしは難しそうです。騎士学校の成績は悪かったですし、実際に現場でも色々と迷惑をかけていますから」

自嘲するエマの煮え切らない態度に、マリーは僅かに苛立《いらだ》っているようだった。

「あなたがまとめられないのなら、帰還後にメレアの部隊は解散させるわ。メレアもラクーンも、相応《ふさわ》しい部隊に回してあげるほうがバンフィールド家のためになるもの」

「それは!?」

マリーの決定に反論しようとするエマだったが、先の戦いを思い出すと何も言えなくなってしまう。

口を閉じて項垂《うなだ》れているエマを見て可哀想《かわいそう》に思ったのか、ヘイディが会話に割り込んでくる。

「お前さんが気にかけてやる必要があるのか？　ざっと調べてみたが、個人的には擁護する気も起きない連中に思えるが？」

不思議そうな顔をするヘイディに、エマは庇《かば》う理由を述べようとして——言葉が出て来なかった。

マリーに言われた言葉を思い出したからだ。

（確かに昔は頑張っていたけど、今は？　ここで庇うのは正しいのかな？）

見捨てた方が正しい選択のように感じてしまう。

迷っているエマを見かねて、マリーが口を開く。

「気にしなくても、あなたには今後もアタランテのパイロットを続けてもらうわ。それがあのお方の意思であるならば、あたくしたちに口を出す権利はないもの。――でも、メレアのクルーは別よ」

――メレアのクルーをどうして庇うのか？　周囲の問うような視線に、エマは自分の気持ちを見つめ直す。

（あたしはメレアの人たちに、同情しているだけかもしれない）

旧バンフィールド家を支え、今は心が折れた軍人たち。

今では酷《ひど》い有様だが、それでもバンフィールド家の本星であるハイドラを長年守ってきたのは事実である。

そんな彼らを救いたいという気持ちが確かにある。

「それでも、あたしはメレアのクルーに立ち直って欲しいです」

エマのわがままを聞いて、ヘイディが肩をすくめる。

「頑固だね～。見捨てた方がお互いのためだって」

茶化すヘイディの頭に、マリーが拳を振り下ろして床に沈めた。

マリーはそのままエマの横に腰を下ろす。

「メレアのクルーを立ち直らせたいのなら、今のままでは駄目でしょうね」

「駄目、ですか？」

エマが恐る恐る尋ねると、マリーが小さくため息を吐《つ》いた。

「アタランテのパイロットも頑張ったとは思うわよ。実際、花丸をあげてもいいわね。新型機開発で結果を出して、更に部隊に新型を配備させたのだから、誰がなんと言おうとあなたは優秀でしてよ」

「えへへ」

褒められて嬉《うれ》しがるエマを見て、マリーが苦笑する。

「でも、メレアのクルーに必要なのは、今のあなたのように優しい上官ではないのよね」

「え？」

マリーは厳しい顔付きでエマに言う。

「中途半端よりも質《たち》の悪い腐った連中を立て直すのよ。本気でやるのなら、あなたは部下たちに厳しく接するべきだったわね。血反吐《ちへど》を吐かせ、恨まれ、メレアのクルーがあなたを共通の敵だと思うくらいに厳しくすれば、ある程度はまとまったでしょうね」

「で、でも、それは」

自分の理想とは違う、と言いかけて、エマは言葉を呑《の》み込んだ。

自分が甘いというのは、エマ自身も薄々感づいていた。

マリーはそんな気持ちを見抜いていたようだ。

「心当たりがあるでしょう？　部下に優しく接して、心変わりを狙ったのではなくて？」

「――はい」

「本気でメレアのクルーを変えたいなら、甘さを捨てて接しなさい。甘さと優しさは別物でしてよ」

マリーの言葉が、エマの心に棘《とげ》のように突き刺さった。

エマは胸に握りしめた手を当てる。

第三小隊の面々と接する時、どこかで嫌われたくないと思っていた事に気付かされた。

「甘さと優しさは別物ですか」

「そうね。本当に彼らのことを考えるなら、むしろ厳しい方がよくってよ。その結果、嫌われることになってもね」

エマが押し黙って時間が過ぎると、ヘイディはここに来て話を変える。

「それはそれとして、ちょっと聞きたいんだが？」

「何でしょうか？」

エマが首をかしげると、ヘイディが真面目な顔をして尋ねてくる。

「お前さんはどっち派だい？　いや、マリーが連れて来たから聞くタイミングを逃してさ。こればかりはしっかり聞いておこうと思っていたんだ」

ヘイディが改まって聞いて来る質問に、エマは理解が遅れてしまう。

「へ？　どっち派？」

「まだ末端だから無関係だったのか？　ほら、色々とあるだろ？　世話になっている騎士とか誰かいないのか？」

　問われたので思い浮かべる。

　すると、一人の人物が思い浮かぶ。

「お世話になったなら――クローディア教官でしょうか？　昇格の推薦もしてもらいましたし」

　エマの答えを聞いて、周囲の騎士たちが殺気立った。

「クローディア？　クローディア・ベルトラン!?　そいつはクリスティアナ派の幹部じゃねーか！　お前、まさかクリスティアナ派かよ!!」

「てめぇ、よくも俺たちの前に顔を出せたな！」

「マリーの前でよくも言えたな、糞《くそ》ガキが!!」

　激高する騎士たちを前に、エマは何事かと驚く。

　アタフタとしながら、とりあえず言い訳をする。

「いえ、あの、あたし自身は派閥とかよくわからないかな～って」

　冷や汗をかいて視線をさまよわせるエマに、騎士の一人が指をさす。

「答えを濁して生きて帰れると思うなよ！」

　ラウンジが殺気立ち、今にも周囲が武器を手に取りそうになっていた。

だが、エマを指さしていた騎士に、マリーが持っていた酒瓶を脳天に振り下ろした。

(えぇぇ!?　司令、何をしているんですかぁぁぁ!?)

あまりの光景にエマは声が出なかった。

瓶が割れて、中身がぶちまけられ、頭を打たれた騎士が床に倒れ伏すと――マリーが周囲を睨《にら》み付ける。

「あたくしの客に文句があるのかしら?――ある奴《やつ》は前に出ろ」

ドスの利いた声で前に出ろと言われると、興奮していた騎士たちが静かになる。

先程とは違って、怒らせたらまずいと騎士たちも理解しているのか素直に従う。

今回は冗談も言おうとしない。

「――ありません」

皆が借りてきた猫のように大人しくなり、そのまま大人しく席に着いた。

圧倒的強者に従う荒くれ者たち――それが、エマから見たマリー率いる騎士たちの姿だった。

マリーがエマに近付いて笑顔を見せる。

「とりあえず、今は無所属として扱うから心配しなくていいわ」

「あ、はい」

自分が所属している騎士団に派閥があり、本当に激しく対立しているのだと知り――エマは何故《なぜ》か騎士団の闇を覗《のぞ》いたような気がしてならなかった。

第七話 ▼ 石化と祝福

エマが目を覚ますと、そこはラウンジだった。

周囲では酒盛りをしていた騎士たちが寝息を立てている。

机に突っ伏している者。

椅子を並べて横になる者。

床で寝ている者。

マリーの方は、椅子に座ったまま目を閉じていた。

頬杖《ほおづえ》をついて静かな寝息を立てている。

「あのまま寝ちゃったのか」

昨晩は周囲に付き合わされ、エマはそのまま眠ってしまった。

今までにない過酷なトレーニングもあって、肉体的にもかなり消耗していたのだろう。

酒は飲んでいないが、場の雰囲気に酔った気もする。

気が付けば眠ってしまったようだ。

首を動かし周囲を見ながら、さてこれからどうするか？　と寝起きの頭で考える。

「艦内時間は——夜明け前か。一度部屋に戻ろうかな？　でも、どうせすぐにトレーニングをするように言われるだろうし」

あれこれ考えていると、床に転がっていた騎士の一人が飛び起きた。

大柄で筋骨隆々のその騎士は、周囲から【カルロ】と呼ばれていた気がする。

そんな大男のカルロが、目覚めるなり絶叫する。

「い、嫌だ！　石になるのは嫌だぁぁぁ!!」

エマが何事かと思ってカルロに近付こうとすると、本人は厳《いか》つい顔をクシャクシャにして泣きじゃくっていた。

何かに怯《おび》え、周囲にある机や椅子を乱暴に払いのけていく。

周囲も騒がしさに目を覚ますのだが、暴れているカルロを見ても慌てる気配がない。

「またかよ」

誰かが呟《つぶや》いた声には、呆《あき》れが含まれていた。

周囲の顔を見れば、睡眠を邪魔されて腹を立てている騎士もいる。

だが、多くは同情的な視線をカルロに向けていた。

何人かの騎士が起き上がって取り押さえようとするのだが、カルロの力が凄《すさ》まじいのか力負けをしていた。

取り押さえようとしていた騎士たちが吹き飛ばされ、手が付けられない。

そんな中――目を覚ましたマリーが、カツカツと足音を立ててカルロに近付いていく。

「危ないですよ！」

エマが咄嗟《とっさ》に声をかけて右手を伸ばすのだが、その手をいつの間にか横に来ていたヘイディが摑《つか》んで止めた。

「黙って見ていろ」

「でも――」

（この人、凄《すご》い力だ）

ヘイディに摑まれて動けなくなったエマが、大人しく言われた通りにマリーを見る。

すると、マリーはカルロの頭部を片手で摑むと、そのまま床に叩《たた》き付けた。

細身の体のどこにそんな力があるのか？

相手が一般人ならば理解できる光景だが、マリーが片手で押さえつけているのは紛れもなく騎士である。

そして、数人がかりで止められなかった力を持つ騎士だ。

そんな大男のカルロを片手で取り押さえた。

「凄い」

エマが感心して呟くと、押さえつけられて泣いているカルロをマリーが解放する。

怯えきった顔をしたカルロを抱きしめ、その胸に顔を埋《うず》めさせた。

そのまま似非《えせ》お嬢様言葉を取り払い、優しい声色で語りかける。

「もう怯えなくていい。怖がらなくていい。もう誰も、お前を石になどしない」

「マリー、俺は――俺は――」

正気を取り戻したカルロだが、まだ怯え続けていた。

震えながら涙を流すと、マリーが優しく抱き締める力を強める。

「お～、泣け、泣け。好きなだけ泣いて弱音を吐け。このマリー・マリアンが聞いてやるよ。だからもう、怖がらなくていいぞ」

泣きじゃくるカルロの頭をマリーが優しくなでていた。

まるで慈母を想像させるような光景だった。

エマがその光景に視線を奪われている横で、ヘイディが自分たちの事情を語り始める。

「アタランテのパイロット、お前さんは俺たちの過去を知っているか？」

「へ？　え、えっと——詳しくは知りません」

エマが視線を泳がせるのを見て、ヘイディは察したらしい。

「言いふらすような話でもないし、聞いていても噂《うわさ》程度か？　この際だから教えておこうか。俺たちは随分と昔に糞野郎に石化させられ、祝福で精神を保持されたのさ」

「石化？　祝福？　えっと——」

石化と祝福という組み合わせが、エマの中で成立しなかった。

ヘイディが苦笑しながら教えてくれる。

「呪いみたいなものだな。石になったまま動けず、精神が崩壊する事も許されなかった」

「え？　でもそれって祝福ですよね？」

精神の崩壊を阻止されたならば、それは呪いではないのでは？

安易なエマの感想を聞いたヘイディは、苦笑していた。

「あぁ、そうだな。祝福だ。だが、二千年も精神を保たれると地獄なんだわ。いっそ精神が崩壊して何も感じなくなる方が幸せだったろうさ」

「え、あっ」

マリーたちにかけられた祝福が、いかに悪趣味であるのかエマもようやく気が付いた。

石化された後、二千年も意識を保ち続けさせられた。

本来は祝福だったのだが、マリーやヘイディたちにとっては呪いと同じだっただろう。

エマには理解できない苦しみだが、想像したらゾッとした。

何も言葉が出せずにいると、ヘイディが笑みを見せる。

「気にするな。別に俺たちに同情して欲しいわけじゃない。ただ――あんな屈強な野郎でも解放された後だろうと心が折れちまう程辛《つら》かったのさ。だから、時々石にされた頃を思い出して暴れ回るわけだが――その度に、マリーが俺たちを正気に戻してくれる」

エマとヘイディが、カルロを抱きしめて優しく微笑《ほほえ》んでいるマリーを見る。

薄暗いラウンジ。

偶然にもライトの下にいたマリーは、周囲の視線を集めていた。

周囲の騎士たちの顔を見れば、マリーに対して信頼している表情を向けていた。

荒くれ者の騎士たちが、マリーをリーダーと認め――敬っている光景に、エマは胸が締め付けられる。

（あたしの部隊とは大違い。――違う。あたしとマリー様が違いすぎるんだ）

自分のように部下たちからの信頼を得られない騎士とは違い、マリーは自分の部下たちから厚い信頼を向けられていた。

普段の荒々しい姿もマリーの本性なのだろう。

しかし、慈愛に満ちた今の姿も、マリーの偽らざる姿だとエマは思った。

強さと優しさを兼ね備えた立派な騎士なのだ、と。

◇

統一政府に所属していた惑星の一つに、ダリア傭兵《ようへい》団が訪れていた。

資源採掘を終えた小惑星を改修した宇宙港では、シレーナが護衛を伴った人物と商談を行っている。

商談相手はレディススーツ姿であるが、周囲にいる護衛は武装した兵士たちである。

相手の【ミゲラ】は、シレーナに対して友好的な態度を取っていた。

「我々の活動を理解してくれるなんて嬉《うれ》しいわ。――それがたとえ、帝国という時代遅れの星間国家であろうともね」

アルグランド帝国に対して思うところがある発言をするが、シレーナにとってはどうでもいい話だ。

リバーに頼まれ物資を運んで来ただけ、なのだが、ミゲラはシレーナを帝国軍の関係者として見ていた。

その理由は、シレーナが運んできた物資の送り主に起因している。

勘違いされても仕方がない、と思いつつシレーナは話を続ける。

「あなた方の独立運動の手助けになれれば幸いですわ」

微笑みながらシレーナが言うと、ミゲラが差し出されたスーツケースを受け取る。

中身は高価な貴金属であった。

特殊な魔力を帯びた宝石や、金銀よりも価値のある金属の延べ棒、それらは非常に価値の高い品だ。

それらを見て、ミゲラは欲にまみれた笑みを浮かべていた。

「こんなに素晴らしい品々を無事に送り届けてくれて、本当に感謝しているわ。護衛も大変だったでしょう？　あなた、相当優秀みたいね」

優秀と評価されたシレーナは、微笑みを絶やさずに答える。

「ただのお使いですよ。この程度は造作もありません」

自信に満ちたシレーナの態度に、ミゲラは気をよくしたのか誘いをかけてくる。

「私たちと個人的な繋《つな》がりを作らない？　今は少しでも優秀な戦力が欲しいのよ」

貴金属の後は、独立に必要な戦力確保に乗り出したようだ。

（よく言うわよ。私たちを使い潰すつもりの癖に）

ミゲラの魂胆を見抜いていたシレーナに、この誘いに乗るのはまずいと経験から来る直感が告げていた。

シレーナは心情を悟られないように慎重に答える。

「その話は後日としましょうか。今は私のクライアントからの依頼を優先しましょう」

「指定された輸送船団の襲撃だったかしら？　でも、生憎《あいにく》とうちに戦力の余裕はないわよ」

「――お渡しした貴金属ですが、同じ内容の物をコンテナで幾つも用意しています。報酬としては申し分ないかと」

周囲の兵士たちが僅かに驚愕《きょうがく》した表情をする。

帝国からの手厚い支援を受けられるとは思ってもいなかったのだろう。

ミゲラがシレーナを見て微笑む。

「助かるわ。独立にはどうしても資金が必要になるから、今はありがたく受け取らせてもらいましょう」

和やかに交渉が進む。

だが、シレーナは目の前のミゲラに好感を抱いてはいなかった。

（独立運動の旗手気取りとは笑えるわね。この手のタイプは、成功したら権力を手放さず独裁的になるのよね）

これまで多くの人物が星間国家から独立を果たしてきたが、その多くが権力に魅入られて独裁的な政治を行っていた。

ミゲラにしても、帝国を嫌っているが本質は変わらないとシレーナは思っている。

「それでは、輸送船団襲撃の件は引き受けて頂けると？」

シレーナが尋ねると、ミゲラは護衛とは違うスーツ姿の男性と話をする。

どうやら秘書か副官的な立ち位置らしい。

相談が終わると、シレーナに顔を向けて頷《うなず》いた。

「いいわ。ただし、輸送船の拿捕《だほ》が出来たら、物資は全て私たちが有効活用させてもらうわよ」

この話にシレーナは笑みを浮かべつつ、内心で毒づく。

「構いませんわ」

（欲張りすぎて身を滅ぼさないといいわね。お前程度が、この宇宙で生き残っていけると本気で思っているなら――おめでたいにも程があるわ）

指導者としてミゲラが、惑星を統治する器量があるとはシレーナには思えなかった。

だが、利用できるものは何でも利用する。

（精々、私たちのために頑張ることね）

◇

シレーナがダリアの旗艦に戻ると、宇宙港の貴賓室にてミゲラが部下の一人と話をしていた。

　部下が不安そうな顔をしている。

「まさか帝国が我々に支援するとは予想外でした」

　統一政府と帝国は水と油と言っていい。

　そのような関係性であるため、帝国がわざわざ統一政府から独立を果たそうとしている惑星に支援するとは考えていないようだった。

　ミゲラは小さくため息を吐《つ》く。

「敵の敵は味方、という考えかしらね？　帝国貴族とは度し難い。それにしても、まさか送り主が第二皇子とはどうなっているのかしら？」

　シレーナが運んできた荷の送り主は不明となっていたが、ミゲラにはシレーナから伝えられていた。

　第二皇子ライナス――現在、第三皇子クレオと激しい継承権争いを行っている男だった。

「後で見返りを求められないでしょうか？」

　継承権争いの一環なのか、それとも他に意味があるのか、または気まぐれなのか、第二皇子がルストワール統一政府から独立を考えるミゲラたちを支援した。

　ミゲラには理解が及ばないし、深く考える気も起きない。

　馬鹿皇子の下手な策略と思っている。

「襲撃を引き受けたのだから、見返りを求められても突き返せるわ。大方、襲撃する輸送船団が敵対派閥に関わるのでしょうね。私たちに始末させたいのよ」

「そのために、あれだけの資金を投入したのですか？――帝国人の考えは理解出来ません」

「全くだわ。でも、おかげで私たちの独立は成功率が更に上がったわよ」

現在のルストワール統一政府だが、勢力下の惑星の幾つかが同時に独立運動を起こしていた。

おかげでルストワール統一政府の軍隊――統一軍が、この問題にかかりきりでまともに動けなくなっていた。

いくつかの長距離ワープゲートが独立軍に制圧され、統一軍の動きが制限されているのだ。

ミゲラにとっては今の状勢が独立の大きな助けとなっていた。

この機会に独立を果たし、星間国家を立ち上げるという野望を成し遂げられる、と。

「今だけは、帝国の薄汚い傭兵たちの力も借りておきましょう。今は少しでも戦力が欲しい時期よ」

ミゲラの顔を見て、部下は少し安堵《あんど》していた。

「彼女たちと懇意にするのは、個人的に反対だったので安心しました。傭兵とは言っても、宇宙海賊と何にも変わらない連中ですから」

「戦争が起きれば傭兵として活動し、何もなければ海賊行為ですものね。本当に呆《あき》れるばかりの連中だわ。――まぁ、私たちのために精々利用してやるとしましょう」

話に区切りがついたので、ミゲラは部下に確認する。

「それで、どれだけの戦力で輸送船団を襲撃できるのかしら？」

タブレット型の端末で確認する部下は、現状の戦力を確認していた。

「予定では二千隻でしたが、現在準備が整っているのは一千五百隻になります」

「どうして五百隻も少ないのかしら？」

ミゲラが不満そうな顔をすると、部下が慌てて理由を説明する。

「現場からは備蓄している物資の量が少ないという不安の声が上がっています。これ以上の戦力は投入できないそうです」

物資不足を理由に数を減らした軍隊に、ミゲラは呆れ果てていた。

「本当に役に立たない軍人たちだわ。その物資を確保するために行動しているのにね。けれど、無茶をする場面でもないわ。輸送船団の護衛が多いとは言っても、数百隻でしょう？」

「はい。確認済みです」

「傭兵共と合わせて、こちらの数の方が上――それに、奴《やつ》らは超大型の輸送船を護衛していて不利な状況にあるわ」

ダリア傭兵団が手に入れた輸送船団の正確な航路。

そして、襲撃場所はミゲラたちにとって、庭と呼べる宙域であった。

ミゲラが口角を上げて笑う。

「帝国貴族なんて見栄《みえ》っ張《ぱ》りの馬鹿共よ。どうせ軍隊も張り子の虎ね。奴らが用意した物資は、私たちが有効活用してあげましょう」

部下も同意する。

「統一政府のもと、軍隊として鍛えられた我が軍の敵ではありませんからね」

ミゲラは既に勝つつもりでいた。

「時代遅れの愚か者たちに、本物の戦争を教えてあげないとね」

貴族政治など時代遅れだと言い切るミゲラに、部下も同意していた。

そして、ミゲラは思い出したように言う。

「あぁ、それから強化兵士の件はどうなったの？」

部下が端末を操作して、投入できる強化兵士についてミゲラに報告する。

「既にコールドスリープから目覚めさせています。戦闘を開始するまでには、出撃準備も整うそうです」

強化兵士たちだが、統一軍では任務以外ではコールドスリープで眠らされていた。

強化兵士も一応は志願兵であるため、任官期間が過ぎれば退役も可能となる。

だが、統一軍にいる間は備品のように扱われていた。

効率的に運用するため、必要のない時はコールドスリープで眠らされる。

眠っている間は、当然のように任官期間とは認められない。

　そのため、彼らは長年軍隊に縛り付けられていた。

　ミゲラが強化兵士たちの扱いについて悩む。

「目覚めても逆らったりしないのよね？」

「大丈夫です。指揮権を持つ者がこちら側ですし、奴らはほとんど眠っているので状況を正しく確認できません。ただ、戦場に出て言われるまま戦うだけですからね」

　憐《あわ》れな強化兵士たちだが、ミゲラは笑っていた。

「それなら使い潰しましょうか。強化兵士なんて恐ろしい存在を、世に放ってはいけないもの」

　常人よりも遥《はる》かに優れた能力を持つ強化兵士たちは、統一政府内では恐怖の象徴でもあった。

　多くは社会に復帰しても、周囲から爪弾《つまはじ》きにされることが多い。

　無事に退役できた強化兵士たちは、結局行き場を失い軍に戻るか、宇宙海賊や傭兵《ようへい》になることが多かった。

　道を外れる者たちが多いことがより拍車をかけ、世間は強化兵士に悪いイメージを持っている。

　ミゲラもその内の一人だった。

「統一軍から手に入れた新型機の準備は出来ているわね？」

　ミゲラが確認すると、部下が端末を操作して現状を調べた。

「問題ありません。目覚めたばかりの優秀な強化兵士を乗せる予定です」

「優秀な強化兵士ですって？　どれも変わらないと思っていたけど、優劣なんてあるのね」

ミゲラが疑問に思っていると、部下がある強化兵士の個人情報を見せてくる。

ミゲラの周囲には幾つものフォログラムが出現し、部下がそれらを説明していく。

「戦闘に出撃した回数が大小合わせて三桁に上ります。撃墜数も統一軍でも上位層に位置しますし、現状ではうちの最高戦力ですよ。いわゆるエースというやつですね」

エースパイロット、と聞いてもミゲラの反応は乏しかった。

「他が劣っているだけではないの？　まぁ、いいわ。新型機に乗せて襲撃に加えなさい。実戦で使えるか確認するわ」

◇

薄暗い大部屋には、棺桶《かんおけ》のようなカプセルが並べられていた。

事情を知らない者が見れば、遺体安置所や墓場を想像するだろう。

しかし、眠っているのは生きている人間たちだ。

カプセルの一つが、蓋をスライドさせて開いた。

眠っていた女性がゆっくりと目を覚まし、右手の平を見る。

握っては開くという行動を繰り返した後に、自分がコールドスリープから目覚めたことに気付いた。

(あぁ、また目覚めてしまった)

コールドスリープから目覚め、まだ自分が生きているのだと知る。

強化兵士は道具のように扱われ、用が済めばコールドスリープ装置に放り込まれるのが常だ。

そのまま輸送されるわけだが、運が悪いと輸送中に艦艇が撃破されて死ぬことだってある。

強化兵士たちにとっては、コールドスリープに放り込まれると、次に目覚める保証がない。

昔は女性も死ぬのを恐れていたが、何度も繰り返す内に感覚が麻痺《まひ》していた。

(あのまま眠っていたかったたな)

むしろ、今は目覚めたくないとすら思っていた。

目覚めれば道具として戦場に放り込まれるだけだ。

終わればコールドスリープで眠らされる。

統一政府がどのような状況に置かれているのかも聞かされず、何のために戦っているのかもわからない。

生きるために統一軍に志願し、権利と大金を得るために強化兵士になる決意をした。

――そう、上官から聞かされた。

強化兵士は記憶を消去され、何のために志願してこの道を選んだのか事実は不明だ。

（過去の私は馬鹿なことをしたものだ）

だが、今はこの終わらない悪夢から解放されたかった。

周囲では同じカプセルの蓋が次々に開放され、自分と同じ強化兵士たちが目覚めていく。

女性はゆっくりと立ち上がった。

一般女性よりも高い身長で筋肉質の肉体を持っているが、肌は青白く不健康そうにも見える。

ベリーショートの青髪に、瞳の色は薄い青。

生気を感じさせない容姿をしている女性は、一人呟《つぶや》く。

「今度こそ、私を撃墜してくれる人がいるといいな」

打撃吸収に特化した特殊スーツを身にまとったエマが、二丁拳銃のスタイルでマリーとスパーリングを行っていた。

持っている拳銃は、撃たれても体が痺《しび》れる程度の電気ショックを与える程度の威力である。

それでも、飛び道具というのは戦いにおいて有利な武器だ。

一発当てて相手の動きを止めてしまえば、後はそこから畳みかければいい。

そのはずだったのに。

「当たらない!?」

拳銃を連射するエマだったが、マリーはそれをものともしない。

素早く最小限の動きで避けながら、歩いてエマまで近付いて来る。

拳銃を持ったエマが後退し、コーナーに追い込まれてしまった。

エネルギーも使い果たし、拳銃のトリガーを引いても反応がなくなってしまった。

カチ、カチ、と空《むな》しい音だけが響くと、エマは拳銃を放り投げた。

「しまっ！――だったら！」

今度手にしたのは、後ろ腰に用意していた短剣型のショックソードだ。

それを二本。

天才であり、マリーに善戦したシャルを真似《まね》した二刀流である。

(あたしに才能はない。だったら、手数で押し切る!)

自分の才能に見切りを付けたエマは、綺麗《きれい》に勝つことを諦めた。

騎士学校で得た剣と拳銃のスタイルを捨てた。

泥臭くてもいい。

——ただ、目の前の人を倒す、と決めたスタイルだ。

短剣を交差するように外側から内側へと振り抜く。

近付いてきたマリーを挟み込むような斬撃だったが、読まれてアッサリ避けられてしまった。

マリーは跳び上がって攻撃を避けると、そのままエマの頭部に左足を振り抜いた。

吹き飛ばされるエマだったが、特殊スーツが衝撃を吸収する。

それでも、痛みがないわけではない。

特殊スーツの防御を貫いた蹴りの威力に、エマは頭部を揺らされて立てずにいた。

視界が歪《ゆが》み、気分が悪い。

「ま——まだ——」

諦めずに立ち上がろうとするエマの姿を見て、マリーは少し嬉《うれ》しそうにしながら先程の戦いぶりを褒める。

「これまでと比べれば、いい戦いぶりでしてよ」

多くの武器を試してきたエマに、ようやく相性のいい武器が見つかりそうだった。

しかし、マリーは問題点も指摘する。

「ただし、武器の持ち替えのタイミングが悪いわね。残弾数くらい常に意識しなさい。短剣への切り替えが遅いわよ」

マリーが伸ばした手を取って、エマが立ち上がる。

「今後は気を付けます」

フラフラしているエマに、マリーは小さくため息を吐《つ》く。

「片方ずつ違う武器を持つと、途端に悪くなるのが問題ですわね」

エマの戦闘スタイルについて、マリーは真剣に頭を悩ませていた。

どうして自分のためにそこまでしてくれるのか？

エマは不思議でならない。

（あたしなんかより、ずっと忙しい人なのに——どうして、ここまでしてくれるのかな？）

最初はマリーのストレス発散なのでは？　と思ったが、それにしては個人指導の時間が長い。

護衛艦隊を率いる立場で忙しいマリーは、休憩時間を削ってエマの教育に力を注いでくれていた。

エマはマリーの派閥に属していないのに、だ。

なくもない。

どちらかと言えば、教官だったクローディア寄りなのでクリスティアナ派の騎士と言え
そして、マリーは派閥どころか、バンフィールド家でも名のある騎士——あのリアムの
側《そば》で手腕を振るってきた存在だ。

階級にしても中将のマリーが、中尉をわざわざ鍛えるだろうか？

そんなマリーが、自分にここまで真剣になる理由がわからなかった。

「あの、どうしてここまであたしを鍛えてくれるんですか？」

素朴な疑問をぶつけると、マリーが考えるのを止めてエマを見る。

普段は大人の女という印象の強いマリーが、今は子供のような笑みを見せて素直に答える。

「あの方が目をかけた騎士だから。——それと、あたくしが気に入ったからよ」

「あたしをですか？　シャルメル中尉の方が天才だと思いますけど？」

自分よりもシャルを鍛えた方がいいのではないか？　その問い掛けに、マリーは小さくため息を吐いて理由を教える。

「誰も才能の話はしていませんわよ。気に入る、気に入らないは、あたくしの勝手ですからね。それにね、あたくしはあの娘を天才とは思っていないの」

意外な評価にエマは驚いた。

自分から見てもシャルは優秀であり、天才と呼んで間違いなかったからだ。

「へ？　でも、撃墜数だって多くて凄《すご》い人ですよね？　あたしなんかよりずっと強くて優秀ですし、天才だと思いますけど」

シャルを天才と評価するエマに、マリーは「こいつ理解していないな」という顔をする。

「世に天才と呼ばれる人間は大勢いるのよ。けれど、全員が結果を残せるとは限らないわ。本当に結果を残せる者こそが、真の天才でしてよ」

マリーの言いたいことは理解するエマだったが、それでも、と思ってしまう。

「でも、シャルメル中尉はあたしよりも結果を出しています。騎士が乗る機動騎士を二十機も撃破していますし、本物のエースですよ」

自嘲するエマを見て、マリーは頭をかいた。

少しばかり悩んだ後に、マリーはエマの魅力について語り始める。

「あたくしがあなたを気に入った理由はね――あなたがとっても傲慢で騎士に向いているからよ」

傲慢と言われたエマは、即座に否定をする。

「ち、違いますよ！」

傲慢――それは自分が目指している理想の姿から、もっとも遠い言葉だったからだ。

正義の騎士に傲慢は似合わない。

自分の振る舞いには気を付けているつもりだった。

しかし、マリーはエマが傲慢だと譲らない。

「いいえ、違わないわ。見捨てた方が互いのためになるメレアを庇《かば》い、自分の理想を押しつけるなんてとんでもなく傲慢でしてよ」

「——え？」

マリーに言われて、エマは自分の行いを顧みる。

そんなにも自分は傲慢だろうか？　と。

気付いていないエマに、マリーが微笑《ほほえ》みながら言う。

「気付いていないようね。メレアの連中は、ずっと左遷先で燻《くすぶ》るか、大人しく除隊して新しい人生を歩んだ方が幸せでしてよ。他の部隊と一緒に運用しても、足を引っ張るばかりで役にも立たないでしょ？」

「でも、皆さんは軍で生きるしかないって。他の生き方なんて今更出来ないって！」

「環境の変化を怖がっているだけですわね。——そんな彼らを軍に縛り付けておきたいなんて、素晴らしい傲慢さでしてよ。あなたは騎士に向いているわ」

自分の理想を他人に押し付けているだけ、と言われてエマは愕然《がくぜん》とした。

それなのに、マリーはエマの傲慢さを責めるどころか、むしろ好感を抱いているらしい。

「騎士はわがままであればこそ。もっとも、我を通せるだけの実力があるという前提の話ですけどね」

騎士について突飛な考えを持つマリーに、エマは賛同できずにいた。

だが、自分が傲慢であるのは理解した。

(メレアの人たちの幸せを考えなかったあたしは、とんでもなく傲慢な騎士なんだ。あたしがやったのは、あたしの幸せを押し付けること)

マリーに諭されて気付いたわけだが、衝撃的すぎる事実にエマは暗い気持ちになる。

(自分の理想を押し付けるあたしが、正義の騎士なんて……)

エマが愕然としている中、マリーはお構いなしに話を続ける。

「そして、あたくしはこの世で最も傲慢な騎士を知っているわ。誰よりも傲慢で、誰よりも強く、誰よりも尊きお方——絶対の支配者、リアム・セラ・バンフィールド」

マリーがその名を口にすると、周囲でトレーニングに励んでいた騎士たちの動きが止まった。

その名は彼らにとっても特別なものだった。

自分たちを救い出し、絶対的な主人として君臨する存在の名だ。

静寂が広がる中、エマは反論する。

「リアム様は立派な人です！　傲慢じゃありません！　領民のために善政を敷いて、戦場にも出て——素晴らしい領主様です」

騎士として強く、領主としては名君。

理想のような人物がリアムである、とエマは心から信じていた。

そんなエマを見て、マリーは随分と嬉しそうにしている。

「素晴らしい忠誠心ね。でも、リアム様は傲慢であらせられるわ。そして、それを突き通せるだけの実力を持っているのよ。それは本人も公言して認めているわ」

エマは元教官であるクローディアから、かつて言われた言葉を思い出していた。

リアムが自身を悪党だと名乗っていることを。

今回は更に傲慢であるとまで公言していると聞いて、自分が追いかけていた理想とする騎士がわからなくなってくる。

「――でも」

「リアム様は常日頃から言っておられますわよ。領地の発展は己のため。民のことなど一切考えていない、とね」

エマが項垂《うなだ》れていると、マリーがリアムの真意を語る。

「あの方は幼い頃から聡明《そうめい》だったそうよ。だから理解されていたのね。――結局、領地を守るのも、善政を敷いて民を慈しむのも傲慢な自分の理想である、とね」

「それは傲慢ですか？　誰もが望む理想のはずですよね？」

「傲慢でしてよ。何せ、己の民を守るためならば、宇宙海賊たちなど滅ぼしていいと考えているのですからね。本物の聖人ならば、両者の命を救う方法を考えましてよ。ただ――あたくしはリアム様の考えに賛成ですけどね」

マリーの紫色の瞳が、妖しく光を放っているように見えた。

自分の主君を信じて疑わない目をしていた。

その瞳にエマはたじろぐ。

傲慢で悪党と名乗るリアムの側にいながら、これだけの忠誠を誓える人がいる。――自分は彼女ほどの忠誠心を持っているだろうか？　と。

エマは呟《つぶや》く。

「――だから、悪を名乗るんですね」

「そうよ。きっと、あの方が理想とする正義というのは、途方もなくスケールが大きいのでしょうね。自らの手で叶《かな》えるためなら、悪党になっても構わない。――本当に高潔な方だわ」

マリーの話を聞いて、クローディアの話を思い出し、エマは少しずつ憧れの騎士がどんな人物なのかを朧気《おぼろげ》ながら摑《つか》み始めていた。

ただの傲慢な悪党ではないはずだ。

何しろ、領民たちを守るために立ち上がったのだから。

「あたし、自分が仕えて、理想とした人のこと――何も知らなかったです」

エマがポロポロと涙をリングにこぼし始めると、マリーが優しく語りかける。

「自らを傲慢であると認めなさい。そして、自分の意志を貫ける強さを持ちなさい。実力と責任能力があってこそ、騎士は一人前でしてよ」

独特なマリーの考えに、エマは全てを受け入れることは出来なかった。

だが、一つだけ理解した。

顔を上げてマリーに問う。

「――あたしは傲慢ですか？」

その質問に、マリーは微笑みながら答える。

「えぇ、可愛《かわい》い傲慢な騎士でしてよ」

マリーの答えをエマは受け入れ、泣きながら笑みを浮かべた。

（あの人は傲慢でも誰よりも気高い。だったら、あたしもとびきり傲慢な騎士を目指す。傲慢でいい。あたしは、あたしの理想の騎士になる）

エマはマリーに願い出る。

「あたしは、この傲慢さを――自分の意志を貫けるような強さが欲しいです」

マリーはその願いを聞き届けると、構えを取る。

「でしたら、このあたくしに感謝するといいわ。このマリー・マリアンが一人前の騎士に鍛えて差しあげますわよ」

◇

エマが旗艦で過ごしている頃、メレアの艦内では第三小隊の面々をはじめ、クルーが相変わらずだらしない日々を過ごしていた。

機動騎士が並ぶ格納庫でも、エマが旗艦に向かう前と変わらない光景が広がっていた。

アタランテが固定されるハンガーの前でただ一人だけ、モリーが整備道具を持って憤っていた。

「ダグさんもラリーも、エマちゃんがいないからって緩みすぎでしょ！　うちらのせいで、エマちゃんが呼び出されたのを忘れたの？」

コンテナに座ってゲーム機で遊んでいるラリーは、モリーの説教にうんざりしていた。

「文句を言っているのは上層部だろ。そもそも、メレアに命令できないあいつを説教して、何になるのさ？　相変わらず、上は現場を理解していないよね」

「そうやってすぐに責任転嫁するぅ！　はぁ……ダグさんは酒盛りに参加して、格納庫にも来てくれないしさ。機体の調整をしようって何度も誘ったのに。せっかく、エマちゃんが頑張って新型機を配備してもらったのに、宝の持ち腐れだよ」

エマの頑張りを無駄にされているのが、モリーには耐えられなかった。

一人熱くなるモリーを見て、ラリーは面倒そうにしている。

「そもそもの話、あいつ一人の頑張りで、新型が配備されるなら苦労しないだろ」

「――エマちゃんがいなくても、同じ結果になったと思うの？　偶然でうちらに新型を配備してくれるの？」

「それは……」

左遷先とまで言われた辺境治安維持部隊だ。

そんな部隊に、新型のラクーンを配備して母艦の改修を気まぐれでするほど軍は甘くない。

きっかけとなったのは、間違いなくエマの存在だろう。

自分たちだけで同じ結果にたどり着けたとはラリーも思えないのか、言葉に詰まっていた。

アタランテの隣には、エリート小隊のネヴァンが三機並んでいる。

同じネヴァンタイプだから近くに配置されたのだろう。

整備と調整が終わったネヴァン・カスタムは、完璧な状態を維持していた。

パイロットたちも、あのシャルですら、艦内では規則正しい生活を送っている。

モリーからすれば苦手な連中だが、彼らはやるべき事を果たしている。

——自分たちとは違って。

「エマちゃん、今頃どうしているのかな？」

モリーがエマを心配すると、ラリーが小さくため息を吐《つ》いた。

面倒そうにも見えるが、モリーの言葉に罪悪感を刺激されたのだろう。

ゲーム機をしまい込むと、機体の調整を行うためコックピットへと向かう。

「ラリー？」

不思議そうにするモリーに対して、ラリーは無愛想に振る舞う。

「機体の調整をするんだろ？　さっさと終わらせるぞ」

ゲームばかりしていたラリーが、やる気を見せたことにモリーは嬉《うれ》しくなる。

「うん！　それなら、これまで放置していた設定も見直そうか。大体五時間もあれば終わるよ！　この際だから武装も見直してみる？」

仲間がやる気を見せてくれたのが嬉しいモリーは興奮気味だが、ラリーの方は勘弁してほしそうにしていた。

「——五時間は勘弁してくれよ」

モリーの容赦のなさに、ラリーは頬を引きつらせる。

◇

メレアの艦内で過ごすラッセル小隊の面々は、現在トレーニングルームを利用していた。

マリーに叩《たた》きのめされて以降、シャルは訓練に熱が入っている。

「あの女、いつかぶん殴ってやる！」

細腕で高重量のバーベルを持ち上げ、汗を流しているシャルを見ていたヨームが笑みを浮かべていた。

「訓練嫌いのシャルが真面目になるなんて、叩きのめされた甲斐があったんじゃないの？」

からかわれたシャルが、休憩に入るとヨームに詰め寄った。

「五月蠅《うるさ》い！　言っておくけど、最初に気絶したのはあんただから。僕より弱い癖に調子に乗らないでくれる？　それとも、パパに助けてもらう？」

ヨームは父を持ち出されて不機嫌になった。

「父さんは関係ないよ」

「あるわよ。あんた、代々バンフィールド家に仕えている騎士一家でしょ？　パパが要職にいるって知っているんだからね」

ヨームの父親もバンフィールド家の騎士だ。

しかも、騎士団で要職に就いているのも事実だった。

父親のコネがあるのだろう、と言われてヨームがムキになる。

「代々仕えている奴《やつ》なんていないよ。精々が二代目や三代目くらいだからね。騎士団の事情くらい勉強したら？　あ、駄目か。シャルは座学の点数はギリギリの馬鹿だったからね」

騎士として高い実力を持っているシャルだが、座学の成績はよろしくなかった。

ただ、それはヨームたち基準での話だ。

一般的なレベルで語れば、シャルも十分に優秀だ。

しかし、劣っている部分を指摘されたシャルは、剣呑《けんのん》な雰囲気を出し始める。

「あん？　臆病者のマークスマンモドキが、調子に乗るなよ」

睨《にら》み付けられたヨームだが、前髪の隙間から瞳を覗《のぞ》かせていた。

力強い好戦的な目をしていた。

「やってみるかい？」

二人が今にも摑みかからんとしていると、小隊長であるラッセルの叫び声がトレーニングルームに響き渡る。

「私は——私は——自分が情けない！　どうしてもっと——ロッドマン中尉が羨ましいぞ!!　私がもっと強ければ、今頃は私がマリー様に！——あああぁぁぁ!!」

旗艦に残ってマリーに鍛えられているエマが羨ましいのか、筋トレの際に叫ぶようになった。

不甲斐《ふがい》ない自分に自ら発破をかけているのだろう。

自分たちしかいないトレーニングルームで、ラッセルが叫びながら筋トレをしている姿を見てシャルは冷静になった。

「——この叫びは何時《いつ》まで続くのよ？　トレーニング中に聞こえると、気持ちが萎えるんですけど」

ヨームもこの意見には賛成のようだ。

「旗艦から戻ってからずっとこの調子だよね。隊長にとっては残念だったから仕方ないけどさ」

気持ちが萎えてしまった二人は、休憩を切り上げてトレーニングに戻るのだった。

護衛艦隊に加えられたメレアだが、任務中も普段と変わらない生活が続いていた。

艦内に用意された酒場では、古株の三人がテーブルを囲んで酒を飲んでいる。

一人は第三小隊のダグで、もう一人はティム大佐だ。

二人とも長い付き合いであり、階級を無視した付き合いになっていた。

ティム大佐がグラスに入った酒を飲み干すと、上着の前を開いて楽な恰好《かっこう》になる。

「寄せ集めの艦隊は疲れるな。生真面目な奴が多くて嫌になる。定時連絡が遅れただけで、怒鳴りつけてくる奴がいて困る」

疲れた顔をするティム大佐に、既に酔っていたダグは笑っていた。

「ご苦労様だな、ティム司令」

「お前らはいいよな。こっちは普段付き合いのない連中から小言ばかりか、文句まで受けているっていうのに」

護衛艦隊に加わったおかげで苦労が増えた、と言うティムにもう一人が苦労を労《ねぎら》うため、グラスに酒を注ぐ。

女性パイロットの【ジェシカ・コルテス】准尉は、左目に眼帯をしている第六小隊の小隊長である。

戦闘の際に左目を失ってからは義眼を埋め込んでおり、肉眼よりも優秀だからと再生治療を受けない人物だ。

濃い紫色の髪を腰まで伸ばし、体付きはダグにも劣らず筋骨隆々としていた。

ダグやティムとも長い付き合いの女性だ。

「でかい顔をする余所者《よそもの》を相手に大変だね」

ジェシカの言う余所者とは、バンフィールド家が迎え入れた帝国軍の士官たちだ。

軍を再編する際に、バンフィールド家が迎え入れた本物の帝国軍人たちである。

現在のバンフィールド家の私設軍は、彼らと騎士たちが中核を担っていた。

そして、中核にいる騎士たちの多くも、余所から集められた者たちだ。

旧軍出身のダグたちからすれば、余所者が大きな顔をしているようにしか見えなかった。

ダグが酒を飲んでいると、ジェシカが話しかけてくる。

「ダグ、あんたのところのお嬢ちゃん、旗艦に呼び出されてそのままらしいね？　何をやらかしたのさ？」

話題に出るのはメレアに配属された騎士、お嬢ちゃんと呼ばれているエマについてだ。

ダグは苦笑する。

「詳しくは知らないが、あっちで鍛えられているらしい」

「何でさ？」

「俺は知らん。モリー経由で教えられたが、騎士の偉い奴とトレーニングをしているとさ」

「お客さんの三人は戻ってきたんだろ？　お嬢ちゃん、相当まずいことをしたんじゃないの？」

「どうでもいいさ。いっそ、そのまま旗艦に配属されてしまった方が本人のためだ」

ダグからすれば、エマはメレアのような左遷先にいるべき騎士ではなかった。

ティム大佐が口を挟む。

「そいつはいい。アタランテを届けてやるか？　こっちは肩の荷が下りるってもんだ。ついでに、ラクーンも引き取ってくれると助かる。新型機があるせいで、後方に下がると味方から大量に文句が飛んでくるからな」

ティム大佐からすれば、特機なんて所有しているために激戦区に送られてはたまったものではないようだ。

生存率を考えれば、ラクーンすら手に余ると考えているらしい。

ただ、ジェシカは反対のようだ。

「乗り慣れると、今更モーヘイブには戻りたくないけどね」

ティム大佐が酒をチビチビ飲みながら言う。

「贅沢《ぜいたく》に慣れちまったのか？　ダグも何とか言ってやれよ」

賛同してほしそうなティム大佐に、ダグは笑っていた。

「悪いが俺もジェシカと同じ意見だ」

パイロット二人に否定されたティム大佐は、酒を一気に飲み干すとジェシカから瓶を奪って自分で注ぐ。

「ろくに調整もしていない癖によく言うぜ」

やけ酒を始めたティム大佐を放置して、ジェシカがダグに話しかけてくる。

「ダグ、あんたお嬢ちゃんに同情しているだろ?」

「あん?」

とぼけるダグだったが、ジェシカは責める気持ちはないと言う。

「別に裏切り者と罵るつもりはないよ。あんたが、あのお嬢ちゃんに相応《ふさわ》しい場所に行ってほしいと思うのは勝手だからね。私もその意見には賛成だよ。このままあのお嬢ちゃんが居座れば、私らはいずれ宇宙ゴミになるだろうからね」

エマがいるために激戦区に送られ、撃墜されて宇宙を漂うゴミとなる。

エマにとっても、メレアにとっても都合が悪いとジェシカは考えていた。

なので、ダグに頼む。

「いっそ冷たく突き放してやれば、変な夢を見ずに配置換えを希望するはずだ。戻ってきたら、お嬢ちゃんのためにも冷たくするんだよ」

ジェシカの提案に、ダグは乗ることにした。

「――あぁ、わかった」

(お嬢ちゃんのためとはいえ、追い出すために冷たくするか――随分と陰険な手段に出る

ようになったな）

旧軍時代は陰険な手段が嫌いだったダグだが、今は迷うことなく引き受けた自分が情けなくなった。

（俺はいつから、こんなに腐った奴になったんだろうな）

自分に腹を立てたダグは、ティム大佐から酒瓶を奪い取って自分のグラスに酒を注いで一気に飲み干すのだった。

◇

「二刀流も、二丁拳銃も駄目だった。もっと他の武器にしないと。それに、武器だけじゃ足りない。もっと他に何か……」

トレーニングが終わり、旗艦の廊下を歩くエマはブツブツと独り言を呟《つぶや》いていた。

毎日限界までマリーに鍛えられ、徐々に精神と肉体が追い詰められていた。

本当は限界だと言って投げ出したいのだが、強くなることは諦めきれない。

「もっと武器を……相性のいい武器があれば」

フラフラと歩いているエマだが、旗艦のクルーたちはすれ違っても驚かない。

エマがマリーに鍛えられていると知っているからだ。

限界が来てエマが壁にもたれかかると、赤いレディススーツ姿の女性が駆け寄ってくる。

「ちょっと、大丈夫？」

「え？　あぁ、ありがとうございます」

軍服や作業着姿ではない人物に驚いたが、エマは礼を言って大丈夫だとアピールする。

「すみません。訓練後で疲れていまして」

苦笑するエマを見る女性は、何やら楽しそうにしていた。

「マリー中将に期待されている女性騎士がいると聞いていたけれど、もしかしてあなたのことかしら？」

問われたエマは、苦笑を続けている。

「期待して頂いてますけど、結果が伴いません。今日も叩《たた》きのめされて、一発も入れることが出来ませんでしたから」

自嘲するエマだったが、女性は興味を持ったままだった。

「そうかしら？　私も色んな騎士を見てきたけど、あなたは可能性があると思うわよ」

「えっと……」

困惑しているエマの気持ちを相手は察したらしい。

「失礼したわね。私はパトリス・ニューランズよ。ニューランズ商会の幹部をしているわ」

「っ！　し、失礼しました！」

護衛対象とは思っておらず、エマは慌てて敬礼をする。

そんなエマに、パトリスは端末から自分の連絡先を送った。

「将来出世したら、ニューランズのパトリスをよろしく」

パトリスが護衛を伴い去って行くと、エマは大商会の幹部と話をしたという実感がわかなかった。

個人であるエマに、ニューランズ商会の幹部が期待しているなど、誰かに言っても信じてはもらえないだろう。

何しろ、相手は貴族や軍を相手に商売している人物だ。

個人に目をかけるとすれば、最低でも有名なエースくらいだろう。

もしくは、組織の要職に就く者くらいだ。

「ニューランズ商会の……パトリスさん……大人の女性って感じだなぁ」

トレーニングの疲れもあって、エマは思考力が低下していた。

パトリスを見ていると、思い出したくない相手の顔が浮かんでくる。

ダリア傭兵《ようへい》団のシレーナだ。

憎い相手を思い出し、自然と手を握りしめていた。

「もう二度と負けない。今度こそ勝つんだ。そのために強くなる」

疲れ切っていたエマだが、シレーナのことを思い出すと体に力が戻ってくる。

◇

それから数日後。

リング上でマリーと対峙《たいじ》するエマは、息を切らして苦しそうにしていた。

目の前に立つマリーは、いつも通り平然としていた。

しかし、今日は少しばかり違った。

マリーが自分の頬を左手の親指で拭うと、僅かに血が付いていた。

自分の血を見て、マリーが獰猛《どうもう》な笑みを浮かべる。

「いいわよ、アタランテのパイロット——このあたくしに傷をつけるなんて、並大抵の騎士には不可能よ。誇りなさい」

武器を構えるエマは、マリーの一挙一動を見逃さないと必死だった。

目を見開き、マリーの動きを見ている。

黙っているエマに、マリーは小さくため息を吐《つ》いた。

「会話をする余裕はないみたいね。残念だわ。でも——その目、やっぱりあたくしの動きを見抜いていたわね」

マリーがエマの間合いに踏み込んで拳を放つと、エマは慌てて避ける。

(見える——けど、体が追いつかない!?)

何とかマリーの拳を避けて、武器を振るうが——その時には、マリーが次の動きに移っていた。

「見えていても、体がついて行けないみたいね。鍛え方が足りないわよ！」

エマはマリーの膝が腹部に迫るのを見ていたが、後頭部を摑《つか》まれ逃げられなかった。

「がはっ!!」

大量の唾を吐き出し、リングに転がり痛みにのたうち回る。

その姿を、マリーは笑顔で見下ろしていた。

「これならエースを名乗っても問題ないでしょう。合格よ、アタランテのパイロット」

合格を言い渡すと、マリーはリングを降りていく。

その背中にエマは、お腹《なか》を押さえながら言う。

「あ、ありがとうございま――した」

言い終わると、エマはそのまま倒れた。

◇

リング上に倒れるエマを抱き起こすのは、ヘイディとカルロだった。

ヘイディは気絶しているエマを見て感心する。

「マリーから合格をもらう若手がいるとは思わなかった。こいつは、生き残れば大物になるかもしれないな」

上機嫌のヘイディの横で、カルロも感心している。

「マリーのしごきに耐えただけでも十分だったのに、一撃を入れやがった。この子、名前はロッドマンだったか？　うちに引き抜いたらどうだ？」

周囲の騎士たちも、エマを好意的に見ている。

仲間として相応しい、そんな風な視線だった。

ヘイディは、いつの間にか自分や仲間たちに認められたエマを見て苦笑する。

「気が早いっての。とりあえず今は休ませてやろうや」

『我々の目的は、帝国軍の輸送船団である。我が物顔で我らの庭を素通りする時代遅れの愚か者たちに、裁きの鉄槌《てっつい》を下せ！』

独立宣言をした惑星から出発した艦隊は、士気高揚のために司令官が演説を行っていた。

その様子を人型機動兵器のコックピットで、調整を行いながら聞いていた一人の強化兵士がいた。

「数十年ぶりに目覚めてみれば、輸送船団の襲撃か。宇宙海賊にでもなった気分だな」

その呟きを聞いていたのは、同じ境遇の強化兵士だった。

全員に番号が振られており、名前はない。

強化兵士となった際に記憶処理も行われ、過去の思い出すらない。

退役する際に返却されるらしく、自分の過去を求めて戦っている強化兵士もいる。

話しかけてくる同僚が、その手合いだった。

「よう、ネイサン。随分と機嫌が悪いじゃないか」

ネイサン、それが同僚内で使われる彼女のコールサインだ。

「出撃前に何の用だ？　新型の調整で忙しいから話しかけるな」

用意された人型機動兵器――帝国では機動騎士と呼ばれる――は、独立軍がどこで手に入れたのか知らないが新型だった。

機体番号はSG―F04で、グラディエーターという名が付けられている。

統一軍はシンプルで無骨なデザインを好むが、新しい機体は細身で両肩が大きい。

特徴的なのは両肩のフレキシブルブースターだ。

両肩に取り付けられたブースターが、グラディエーターの機動性を向上させ、より複雑な機動を実現させる。

量産機としてグリーン系のカラーでまとめられていたが、ネイサンの機体は特注なのかネイビーブルーが使用されていた。

指揮官機を区別する為《ため》なのだろうが、これまでの統一軍では見られなかった。

この数十年で何があった？　ネイサンは統一軍のデザインの変更に少し困惑していた。

だが、性能は確かだった。

「以前に乗っていた機体よりも性能がいいな。……悪くない」

機体を調整しつつ感想をこぼせば、相手がネイサンの顔を覗《のぞ》き込んでいた。

「何だ？」

煩わしいので相手をしてやると、男は疑問を口にする。

「あんたのコールサインについていつか聞こうと思っていた。どうしてネイサンなんだ？」

「そんなことを聞いてどうする？」

ネイサンが疑問に思っていると、男は気になるのか答えて欲しいと頼み込んでくる。

「頼む！　毎度、聞き忘れてコールドスリープ前に思い出して後悔するんだ。お前もこういう経験はあるだろ？」

「私はないぞ」

素っ気なく返事をするが、男は食い下がってくる。

「頼むよ。どうせ戦いが終わればまたコールドスリープだ。それに、次があるかわからないだろ？」

自分たちに次の機会が巡ってくるかは不明だ。

根負けしたネイサンは教えてやる。

「意味などない。だが——ネイサン、と呼ばれていたような気がするだけだ」

「記憶が残っているのか？　そいつはいいことだ。強化兵士になる前の記憶を思い出せるのは貴重だぜ」

「覚えているのは呼ばれていた記憶だけだ。私も記憶など残っていない」

男は少し寂しそうに笑っていた。

「そうか。——なぁ、もし、生き残ったら俺のことを覚えていてくれるか？　逆の立場でも、俺はあんたを忘れないと誓うよ」

誰かに覚えていてほしいと頼まれたネイサンは、酷《ひど》く面倒そうにしながら言う。

「お前みたいな変わり者の同僚を忘れるものか」

ネイサンの答えを聞いて、男はニッと嬉《うれ》しそうに笑った。

「感謝するぞ、ネイサン！　これで思い残すことなく戦える」

「縁起でもないことを言うな」

二人が会話をしていると、今回の上官が格納庫に現われた。

強化兵士を道具と思っている尊大で嫌な上官は、皆を前に怒鳴りつけるように言う。

「準備を済ませたか、強化兵士の人形共！　さっさと機体に乗り込め！」

どうやら出撃の時間が来たらしい。

男が自分の機体に向かうと、ネイサンはハッチを閉じた。

◇

護衛艦隊の旗艦にて、ブリッジに用意された司令官用のシートに座るマリーは上機嫌だった。

ニコニコしているマリーを見て、不気味さを覚えたヘイディが言う。

「今日はご機嫌だな」

「後進の育成というのもたまにはいいものよ。ヘイディ、あなたも何人か育ててみなさい」

上機嫌の理由を聞いて、ヘイディが目を丸くする。

「驚いたな。マリーが若手の教育に興味を持つとは思わなかったぜ」

「気まぐれよ。また同じ事をしろと言われたら断るわ」

「……自分は断るのに、俺には育てろと命令するのかよ」

ヘイディが不満そうな顔をするのを見て、マリーは笑っている。

「あたくしの勘だけど、あなたはいい教官になれると思うわよ」

「俺は今の立場が気に入っているからお断りだ。それに、気難しいあんたの面倒を見る奴《やつ》は必要だろ？」

ヘイディが軽口を叩《たた》くと、マリーは微笑《ほほえ》みながら素を見せる。

「好きに言ってろ」

軽口を叩きながらも、二人の間には確かな信頼関係が存在していた。

二人の間に和やかな雰囲気が漂うと、ヘイディが尋ねる。

「一ついいか？　どうして天才ちゃんじゃなくて、アタランテのパイロットを選んだんだ？　鍛えるなら天才ちゃんを選ぶと思ったんだが？」

「あら、不満だったの？」

「アタランテのパイロットよりも、天才ちゃんの方が伸びしろはあったと思うからな」

確かにエマは強くなったが、それはシャルを鍛えても同じだろう。

むしろ、シャルの方がより強くなった可能性もあるとヘイディは考えているようだ。

「根性もある。目もいい。だが、どうにもマリーがあの娘を選んだ理由が、それだけとは思えないのさ」

部下の疑問に、マリーは少し思案をしてから……笑みを浮かべて答える。

「あたくしが選んだから、って理由では納得しないのよね？」

「あぁ」

「あの方が選んだと言っても？」

「狡《ずる》い言い回しだな。だが、実験機のパイロットだから、お前が鍛えてやったわけじゃないだろ？」

食い下がってくるヘイディに、マリーは根負けして肩をすくめた。

「簡単よ。あの娘を選んだ理由はね――」

その時、ブリッジクルーが何かに気付く。

「……デブリか？　いや、数が多い。これは……」

様子がおかしいと気付いたヘイディが動こうとするよりも先に、マリーが立ち上がって命令を出す。

それは直感だった。

「敵ね。第一種戦闘配置。全艦、ニューランズの輸送艦を守れと通達しなさい。どうやら、今回は少し厄介になるわよ」

マリーがすぐに敵と判断すると、ヘイディの顔付きも変わる。

「間の悪い連中だな。……部隊の出撃準備を急がせる」

「頼むわよ。それと、アタランテのパイロットはまだうちにいるわね？」

「あぁ、だが今からだと――」

ヘイディがエマをメレアに送るのを躊躇《ためら》っていると、マリーは構わず命令する。

「小型艇でいいからメレアに届けて出撃させなさい」

「いいのか？　かなり疲労がたまっているぞ」

ヘイディが出撃を見送るように言うが、マリーはエマを信じていた。

「この程度で倒れるような柔な鍛え方はしていないわよ」

マリーが言い切ると、これ以上は無駄だと感じたのかヘイディが命令を実行する。

「わかった」

二人の会話が終わったタイミングで、オペレーターが敵の接近を知らせてくる。

「所属不明の艦隊が接近してきます。統一軍ではありません！」

マリーはそれを聞いて両の口角を持ち上げて笑う。

「ほら来た」

◇

超大型輸送船のブリッジ。

アラートを聞いてから慌ててブリッジに駆け込んだパトリスは、髪の毛が少しばかり乱れていた。

服装も少し乱れており、普段よりも胸の谷間が露出している。

「また宇宙海賊の襲撃!?」

敵は宇宙海賊か？　という確認に対して、船長が頭を振って否定する。

彼はニューランズ商会で長年働いているベテランで、パトリスも頼りにしている人物だった。

「装備が揃《そろ》いすぎています。どうやら、噂《うわさ》に聞く反乱軍のようですよ」

「反乱軍!?　どうして奴らがここにいるのよ！　それに、奴らが軍隊を持っているなんて聞いていないわよ」

独立運動を起こした連中が、どうして軍隊を保有しているのか？

そんな疑問に船長が予測を交えて答える。

「駐留軍も現地の住人を採用しますからね。使っているのは統一軍の払い下げの兵器でしょうが、一応は訓練を受けている連中です。まだ統制が取れているなら、宇宙海賊共より厄介ですよ」

軍人崩れの宇宙海賊たちもいるが、彼らは軍隊生活から離れた期間が長ければ長いほどに脅威度が下がっていく。

軍隊とは多くの支援があってはじめて機能するのであって、それを失った軍隊というのは脆《もろ》くなる一方だ。

だが、独立運動が起きたばかりであれば、彼らの質は高いままだろう。

独立を掲げており、下手をすれば士気も高い可能性がある。

パトリスがモニターを確認すると、確かに統一軍の艦艇ばかりだった。

旧式の払い下げらしいが、中には正規軍で使用されている現行の主力艦もある。

「主力艦も多いわね。あら？……傭兵《ようへい》？」

統一感のある艦隊の端を見れば、そこには不揃《ふぞろ》いな艦艇の集まりがいた。

パトリスは経験から傭兵団だと判断する。

船長も気付いたようだが、こちらは難しい表情をしていた。

「傭兵団の動きを見ていますが、どうにも手練《てだ》れのように感じられます。駐留軍の残存部隊と併せて厄介ですね。それに、待ち伏せしていたのも気になるところです」

船長の言葉を聞いて、パトリスは奥歯を噛《か》みしめていた。

「今回の航路は統一政府が用意したものよ。本当にやってくれたわね！」

統一政府との交渉を予定しており、航路も相手側が用意していた。

統一政府の裏切りが頭をよぎる。

パトリスはこの状況を打開できるかどうか、船長に確認する。

「護衛は持ちこたえられそう？」

「バンフィールド家の実力次第としか言えませんが、数的に不利なのは事実ですね」

ただの宇宙海賊たちだけではなく、独立を掲げる反乱軍まで出てきた事にパトリスは頭痛を覚える。

「派遣された騎士様の実力が、本物であることを願いましょうか」

パトリスにとって、この場の勝利条件は非常に厳しい。

大型輸送艦を一隻たりとも失わずに、統一政府との交渉を成功させなければならない。

一隻でも失えば、パトリスにとっては敗北と同じだ。

マリー・マリアンがこの状況を打開してくれなければ、生き残ったとしてもニューランズ商会で自分の立場がなくなる。

パトリスは、ブリッジのモニターで戦場の推移を見守るしかなかった。

すると、パトリスの端末にメッセージが届いた。

「こんな時に誰よ……って、あの子?」

期待されている騎士がいると聞いて、品定めをしようと声をかけたエマからのメッセージだ。

そこには緊急時でありながら注文が入っていた。

「こんな時に商品を届けろ、ですって？　あの子、馬鹿か無能なの？」

戦闘が始まっている最中に、注文の品を届けろと言ってくるエマにパトリスは口汚く罵る。

しかし、表情は緊張がほどけて笑っていた。

「……いいでしょう。船長、注文された商品を届けるから輸送機を出すわよ」

パトリスの話を聞いた船長は面倒そうな顔をする。

「戦闘中ですよ?」

「戦闘中だろうと注文された品を届けるのがニューランズのモットーよ。まぁ、その分の割増し請求はするけどね」

◇

護衛艦隊を率いる旗艦の格納庫には、小型高速艇に乗り込むエマの姿があった。

パイロットスーツは旗艦で用意された物を着用しており、紫基調でいつもと雰囲気が違う。

普段よりもエマは落ち着いており、両の太ももにはホルスターに入った拳銃が二丁ある。

小型高速艇で母艦に戻ろうとするエマの見送りに来たのは、副司令のヘイディだ。

「悪いが機動騎士に余裕はない。不安だろうが、こいつで戻ってくれ」

小型高速艇とは名付けられているが、その姿はほとんど戦闘機だった。

機動騎士が戦場で活躍するようになってからは、数を減らしてしまった兵器だ。

それでも活躍の場は残っているため、こうして使われている。

「色々とありがとうございました」

エマが敬礼をすると、ヘイディが少し驚いてから——照れくさそうに敬礼をする。

きっと、マリーたちの間で敬礼はあまりされていないのだろう。

「ここに来た時とは別人に見えるぜ。それから、マリーからの伝言だ。アタランテのパイロット、我を通したいなら自らの価値を示せ——だとさ。まぁ、無理しない程度に頑張れや」

ヘイディが照れくさそうに言うと、エマは微笑んで返事をする。

「はい。お世話になりました」

「それから、これは俺からのアドバイスだ。——相手を変えるよりも、自分を変える方が楽だぜ。今のメレアを変えたいなら、自分がどうするべきかわかっているな？」

ヘイディからの助言を受けて、エマは俯《うつむ》きながら返事をする。

エマにとっても覚悟のいる話だった。

「——はい」

受け入れたエマを見て、ヘイディは僅かに安心したような顔を見せる。

「頑張れよ」

ヘイディが小型高速艇から離れて行くと、エマはハッチを閉じる。

コックピットで一人になったエマは、旗艦で教わったことを反芻《はんすう》する。

ヘイディが言う通り、旗艦に呼び出された時とは顔付きが違っていた。

「わがままに、傲慢に。——あたしは自分の正義を目指す」

発艦の許可が出ると、エマは操縦桿《かん》を握りしめて機体を宇宙へと飛び立たせた。

◇

警報が鳴り響くメレアの格納庫では、出撃準備を終えたラッセルが、コックピットハッチを開けて外に出ていた。

憤慨した様子で、周囲を怒鳴りつけている。

「出撃するなとはどういう意味だ！　旗艦から出撃命令が出ているんだぞ!!」

ラッセルが激怒する理由は、出撃しようにもメレアの司令から許可が出ないためだ。

整備兵たちに機体を固定されており、出撃したくても出来ない状況だ。

本来であればティム大佐の許可がなくても、ラッセルの権限があれば出撃は可能だった。

しかし、そもそも出撃出来なければ無意味だ。

味方艦の設備やハッチを破壊して出撃する方法もあるのだが、それをすれば戦闘後に母艦に戻れなくなってしまう。

周囲の整備兵たちが、仲間内で顔を見合わせて迷惑そうな顔をしている。

「うちのトップはティム大佐だ。あんたらの命令は聞けないな」

「エリート様たちは血の気が多くて困るぜ」

「出撃させないティム大佐の優しさがわからない連中だ」

ラッセルは奥歯を噛みしめ、コックピットに戻っていく。

シャルはコックピットの中で呆《あき》れかえっていた。

通信回線が繋《つな》がっているので、シャルのコックピットの様子が見えている。

『どうして僕たちをこんな艦に配置したのか、上に確認したくなりますよね。あ〜あ、今回は特別手当なしか〜』

ヨームも呆れているが、僅かに怒りを覚えたようだ。

『優しさね。勘違いした優しさって迷惑だって気付いてほしいですよ』

ラッセルはコックピットで腸《はらわた》が煮えくりかえる思いだが、部下たちの前とあって自制する。

「旧軍の愚図共に、ここまで足を引っ張られるのか」

◇

隣でラッセル小隊の様子を見ていたダグは、欠伸《あくび》をしながらノンビリと出撃準備を進めている。

「今回はお嬢ちゃんもいないし、出撃はないだろうな」

メレアは襲撃を受けてから、独自の判断で後方へと下がっていた。

今はエマもいないため、急いで出撃しようとする部隊は少ない。

ラリーの方は、出撃準備は終えてコックピットに座っていた。

モニターにラリーの顔が表示されているが、何かに気付いたらしい。

『ハッチが開いた？　輸送機が来ましたよ』

「あん？　戦闘中にどこの馬鹿だ？」

メレアのハッチが開くと、そこに輸送機がやって来る。

輸送機はすぐにコンテナハッチを開くと、荷物を降ろし始めた。

何事かと整備兵が集まると、輸送機から降りた作業者がモリーを名指しする。

『モリー・バレル一等兵はおられますか！』

呼ばれたモリーが作業者に近付くと、何やら話を始めた。

ダグがラクーンの集音マイクで音を拾う。

『うちですけど』

『受け取りのサインをお願いします』

『え？　でも、これって……』

『あなたの小隊の隊長さんが、ニューランズに注文した品ですよ。アタランテへの接続の手伝いも代金に含まれているので、このまま作業に入ります』

作業者たちが動き出すが、モリーは理解が追いついていなかった。

『もしかしてエマちゃん!?　でも、エマちゃんはメレアに戻っていませんよ』

『そこまでは聞いていません』

作業者たちがアタランテに取り付くと、モリーが勝手に触らないでほしいと叫びながら接続の指示を出す。

『ちょっと！　そこ、傷付けたら弁償させるわよ！　武器の接続ならうちの指示に従ってもらうからね！』

慌ただしい様子を見ていたダグは、呆気《あっけ》にとられていた。

「ニューランズって……あのお嬢ちゃん、商家を頼ったのか。何を考えているんだよ？」

◇

ニューランズの作業者たちは、急いで仕事を終わらせると輸送機に乗って帰って行った。

残されたモリーは、アタランテに取り付けられた新装備を見る。

「調整すらしていない武器を実戦で使うつもりなのかな？　それにしても、これを選ぶエマちゃんのセンスは独特だわ」

モリーが見ても独特と評する新兵器とは、機動騎士用の二丁の拳銃だ。

特徴としては、バレルと水平になるように上下にブレードが取り付けられている。

ブレードは機動騎士から見れば短剣程度の長さしかない。

バヨネット――小銃に短剣を取り付けている武器はあるし実際に使用されているが、エマが指定した武器とは違う。

後ろ腰に懸架《けんか》したホルスターは、アームが取り付けられていて武器の収納が楽になっている。

「急造とは違って造りもしっかりしている。ニューランズの武器って質がいいわ」

せめて問題がないかチェックをしているモリーだが、完璧な状態の二丁拳銃に感心するばかりだった。

モリーがエマのためにアタランテの出撃準備を進めていると、艦内が僅かに揺れた。

「直撃？」

モリーが顔を上げると、ラリーがコックピットから姿を見せる。

「デブリじゃないか？　直撃なら被害はもっと大きいはずだ。でも、防御フィールドを貫通する威力とは思えない……ティム大佐たちのミスか？」

文句を言うラリーだったが、ブリッジから知らせを聞いたダグがしかめっ面をしていた。

「ラリーの予想が外れたな。原因はお嬢ちゃんだ。小型高速艇で甲板に着艦したらしい。ブリッジは大騒ぎだぜ。着艦を待てと言ったのに、命令無視だとさ」

それを聞いて、ラリーはため息を吐《つ》く。

「あいつは何をやっているんだよ」

またエマが失敗をした、という空気が周囲に広がる。

そんなエマがすぐに格納庫にやって来た。

ティム大佐からブリッジに出頭しろと命令が出ていたようだが、無視して格納庫に現われている。

モリーはエマが戻ってきて最初は喜んだが、すぐに普段と雰囲気が違うことに気付く。

「エマちゃん……だよね？」

紫色のパイロットスーツで雰囲気も違うのだが、普段はもっと落ち着きのない印象が強い。

それなのに、今日は堂々としていた。

着艦で失敗し、命令無視までしたのに、だ。

「モリー、届いた武器は使えるようにしてくれた？」

アタランテのコックピット近くに到着したエマは、モリーに機体の状況を確認する。

雰囲気の違うエマに、モリーは少しばかり気後れしてしまう。

「え、えっと、機体は大丈夫だよ。でも、注文された装備は取り付けたけど、調整がされていないから保証は出来ないけど」

答えに困っている様子のモリーを見かねたのか、ダグがコックピットを出て近付いてくる。

「お嬢ちゃん、焦る気持ちは理解するが出撃の準備くら――」

エマはダグの胸倉を摑《つか》むと、強引に引っ張り顔を寄せた。

鼻をひくつかせると、酒の臭いを感じて眉をひそめた。

「出撃前に飲みましたね？」

睨《にら》み付けてくるエマに困惑し、ダグはしどろもどろとなる。

「いや、これは」

ばつの悪そうな顔をするダグを突き飛ばしたエマは、そのまま顔を背ける。

「ダグ准尉は出撃しなくて結構です。待機所でお酒が抜けるまで大人しくしていてください」

「なっ!?」

出撃するなと言われたダグが、エマの物言いに腹を立てて顔を歪《ゆが》めていた。

近くにいたモリーはアタフタして仲裁に入れずにいたため、今度はラリーがコックピットから出て来る。

「おい、隊長さん。遅れてきてその態度はないだろ」

掴みかかってきたラリーに対して、エマは腕を掴んで投げ飛ばしてしまう。

無重力状態の格納庫で、ラリーが回転しながらハンガーの柱にぶつかりもがいていた。

「痛っ!?　何なんだよ!!」

叫ぶラリーに対して、エマは鋭い眼光を向けながら冷たく言い放つ。

「出撃準備の出来ていない部下を待機させただけです。ラリー准尉は――予定されていたトレーニングを消化していませんね？　待機所に向かってください」

自身の端末でラリーの状況を確認したエマは、淡々と待機するよう命じる。

ラリーはかつて、自身を見下した騎士を思い出したのだろう。

エマに対して憎悪のような感情を向けているように、モリーには見えた。

「騎士がそんなに偉いっていうのかよ！　お前も僕を見下すのか！」

騒ぎを聞いて集まってきたメレアのクルーたちは、エマに対して冷たい視線を向けていた。

いつの間にか、ラッセルたちもコックピットから顔を出している。

真面目な顔でエマを見ているラッセル。

シャルの方は、むしろこの状況を楽しんでいた。

「あらら、母艦のクルーに嫌われちゃった。機体に爆弾でも仕掛けられないといいけど」

整備兵を敵に回したパイロットは、ろくなことにならない。

まして、ここはメレア――軍隊にしてまともに機能していない集団だ。

エマの行動が短絡的に見えたシャルは、これからを想像して楽しんでいるようだ。

しかし、エマはラリーに対して謝罪などしなかった。

「――勘違いをしていますね、准尉。あたしは中尉で、あなたの上官です。それに、出撃を許可されない原因を作ったのは准尉ですよ」

正論を言われたラリーは、感情的になっていく。

「ッ!?……やっぱりお前も他の騎士と同じだ。他人を馬鹿にして見下しているロクデナシだ！　呼び出されて先輩騎士に、一般兵は見下せと教わったのか？　偉そうなことを言っていた癖に、もう心変わりかよ」

怒鳴ってくるラリーに、普段のエマならば落ち込んだかもしれない。

ただ、今日のエマは普段と違っていた。

堂々と——ラリーばかりか、メレアのクルーに対して言い放つ。

「他人を見下しているのは誰です？　定められたルールも守らず、それでいて待遇と給与だけは受け取っている。やるべき事もせずに、文句だけは一人前ですね。自分にまったく非がないと思い込んでいるのか、それとも強く言えばあたしが引き下がると期待していませんか？……あたしを見下していたのはあなたですよ、ラリー准尉」

「なっ……くそっ」

ラリーはここまで言われると予想していなかったのか、大きく目を見開いて驚いていた。

エマに図星を突かれて言い返せないようだ。

次にエマは、ダグの方へと視線を向ける。

侮蔑などではなく、悲しそうな目をしていた。

「昔のあなたたちが今の姿を見たら、きっと軽蔑すると思いますよ。自分たちが嫌っていた上層部と同じように腐っているんですから」

昔の上層部と同じと言われたダグは、頭に血が上ってエマに近付き胸倉を摑んだ。

「お前みたいな小娘に何がっ！……お前？」

額同士をぶつけ合わせる距離まで顔を近付けたことで、ダグはエマの瞳が潤んでいる事に気が付いた。

態度が急変したと思っていたが、本人も無理をしているようだ。

エマはダグを突き飛ばして距離を作ると、僅かに震える声で言う。

「いつまで目を背ければ気が済むんですか？　あたしみたいな小娘に、いいように言われるのがあなたたちの現実ですよ」

言い終わると、エマは黙ってアタランテのコックピットに入ってしまった。

その姿を見送るダグは、奥歯を噛《か》みしめ——手を握りしめていた。

何かを言い返そうとしたのだろう。

だが、言い返すことが出来ず、近くにあったコンテナを殴りつける。

モリーが肩をふるわせたが、ダグもラリーも興奮して周りが見えていなかった。

メレアのクルーたちも、エマに対して怒りを滲《にじ》ませた顔をしていたが——自分たちを苦しめてきた旧軍上層部と同じと言われたのが、よっぽどショックだったらしい。

苦々しい表情をしていた。

見ていたシャルがため息を吐く。

「これで終わり？　なんかつまんな〜い」

もっとドロドロとした現場を見たかっただろうシャルだが、ヨームは終わってくれたことに安堵《あんど》していた。

「もっと悪い方に流れると思っていましたが、落ち着いてくれて何よりです」

ラッセルは、エマの変わりように僅かに驚いていた。

そして、コックピットへと頭を戻す。

「ここで我が身を振り返られる程度には、メレアの連中も落ちぶれていなかったということだ」

◇

コックピットに入ったエマは、指先で涙を拭っていた。

今までは仲良くしようと心掛けてきたが、マリーのもとで学んで気付かされた。

自分の甘さがメレアのクルーを軍隊に縛り付け、より過酷な戦場に連れて来てしまったのだと。

「結局、あたしは理想の隊長にはなれなかったな」

エマが思い描いていたのは、部下に慕われる隊長としての姿だった。

皮肉にもラッセル小隊が理想に近かったが、エマの場合は状況が許してくれなかった。

エマは自分に言い聞かせる。

「甘さを捨てろ、あたし。皆が生き残るのが、今のあたしの理想だよ」

優しい隊長になれるよう心掛けてきたが、今は皆を生き残らせる隊長になると決めた。

メレアのクルーを生きて帰すには、自分だけではなく周りにも厳しくするしかない。

エマにとっては周囲に厳しく接するのは心苦しかったが、それが自身の甘えであるとマリーに教えられたから。

「これでいい。今は、これがあたしの答えだから」

アタランテのコックピットに入ったエマは、集中するため深呼吸をする。

「――自分たちの価値を示す。今はそれだけを考えればいい」

格納庫に戻るなり、メレアのクルーたちに対して冷たい態度を取った。

言い過ぎたという自覚もあるし、エマにとっても全てが本音ではない。

しかし、エマは言わなければならない。

自分の理想を貫く道を選んだのだから。

「ここで立ち上がれないなら、もう軍はメレアを見捨てちゃう」

やる気のないメレアのクルーたちだが、エマはそこまで嫌ってはいなかった。

それというのも、かつてはバンフィールド家を必死に守ってきたという事実がある。

心が折れてしまった彼らに、せめて手を差し伸べたい。

今までその気持ちで頑張って来た。

だが、気持ちだけでは足りなかった。

「正義の騎士になるために、あたしはわがままを突き通す。誰かのために戦える強さを示す！」

真剣な表情になるエマは、ブリッジとの間に通信回線を開くと司令に願い出る。

「こちらエマ・ロッドマン中尉です。ブリッジ、メレアは艦隊より離れすぎています。メレアを指定のポイントまで進めてください」

言いながら向かうべき宙域を指示すると、モニターに映し出されたオペレーターが絶句していた。

少し遅れて、何を言われたのか理解して怒鳴りつけてくる。

『お嬢ちゃん、随分と調子に乗っているみたいだな。たかが中尉の騎士様が、ブリッジに指示を出すとはどういう了見だ？』

ドスの利いた声だが、エマは声に恐れが混じらないように答える。

「司令部の命令では、メレアが存在するポイントはもっと前線に位置しています。現状のままでは命令違反であると進言しています」

『偉そうに言いやがって』

オペレーターが何か怒鳴ろうとすると、ティム大佐が替わる。

『中尉、メレアはこのまま後方で待機だ』

「何故《なぜ》です？　後方に下がって、味方が苦戦しているのを見ていろと言うのですか？」

『そうだ』

司令は少しも悪びれる様子がない。

『我々はこれまで、どんな理不尽な命令にも従ってきた。本当の地獄を知らない中尉とは違ってね』

旧軍は過去に地獄を見てきた。

それはエマが想像できないような戦場だったのだろう。

だが——それがどうしたというのか？

今、目の前で苦戦している味方を見捨てる理由にはならない。

「司令の言い分は理解しましたが、命令違反を見過ごせません。メレアの指揮権は一時的にあたし——自分が預かります」

指揮権を譲渡しろと言うエマに、ティム司令は目を丸くしていた。

『何を言っている？　君は中尉だぞ!?』

エマの発言は軍隊ではとても認められないものだったが——ここは帝国式が採用されているバンフィールド家の軍隊だ。

「命令違反をする司令を見過ごせません。それに、騎士には状況に応じて階級にかかわらず、部隊を率いる特権があります。今、その特権を行使する時と判断しました」

騎士の特権。

階級を無視して指揮権を握れるが、これには相応の責任が伴う。

問題行動と認識されれば審議されて罰を受ける場合もあり、無闇矢鱈《やたら》に使える特権ではない。

覚悟を持って特権を使用したエマに、ティム司令が苦々しい顔をした。

『この艦に中尉の命令を聞く者がいると思っているのか？　馬鹿馬鹿しい！』

「馬鹿馬鹿しいのはこちらです。──いつまで意固地になっているんですか？」

『何？』

「軍はメレアを改修し、新型機も配備しました。望んだ環境を整えた軍に対して、今度は司令が応える番ではありませんか？」

『何も知らない子供が偉そうに。俺たちが過去に──』

「あたしは今現在の話をしています。理由を付けて逃げ回るのなら、潔く軍を去るべきでしたね」

エマの当然の疑問に対して、司令は何も答えられずにいた。

逃げ出すように通信を切ろうとする司令を前に、エマは奥歯を噛みしめる。

（あたしが単独で出撃しても、メレアの現状は変わらない）

ここまでか、と思っていると──旗艦から通信が入る。

モニターに映し出されるのは、副司令官のヘイディだった。

『こちら旗艦のヘイディ准将だ。メレアに告ぐ。至急、エマ・ロッドマン中尉の指揮下に入れ。それと、中尉はラッセルの坊主たちを好きに使っていいぞ』

ラッセル小隊を使っていいと言われ、エマも驚いて言葉に詰まる。

「あ、あたしは中尉です、准将閣下。ラッセル大尉の隊を指揮できません」

エマの反応を予想していたのか、ヘイディはしてやったりという顔をする。

『それなら朗報だ。貴官の階級は現場判断で一時的に大尉に昇進させる。騎士ランクもA

に昇格だ。好きにこき使え、アタランテのパイロット』

「それは！――いえ、感謝します」

『いや、これは最後通牒みたいなものだ』

エマに対する優遇処置だが、ヘイディの意図は「これで駄目なら諦めろ」というものだ。

ラッセル小隊を指揮しても活躍できないならば、メレアは諦めろと言っているようなものだった。

そして、最後にヘイディはメレアに釘《くぎ》を刺す。

『それから、大佐。これ以上の命令違反は見過ごすつもりはない。これでも逆らうというのなら、クルー全員銃殺刑を覚悟するんだな』

言うだけ言って通信が終わると、司令がシートの手すりに拳を振り下ろしていた。

『特権階級気取りの騎士共が!!』

司令との通話も終わると、その後にオペレーターが本当に嫌そうに告げてくる。

『ちっ！　お望み通り、死地に送ってやるよ！　これでいいのか？』

エマは平静を装う。

「急いでください。敵の数が多く、味方が劣勢ですから」

『言われなくてもわかってんだよ』

オペレーターが苦々しい声で呟《つぶや》いていた。

◇

ダリア傭兵団《ようへいだん》の旗艦。

シレーナは、ブリッジから反乱軍の艦隊数を見て眉根を寄せる。

「予定通りの数なら、もっと楽に仕事を終わらせられたのにね」

ダリア傭兵団がこの戦いに参加している数は五百隻。

反乱軍を合わせて二千隻という規模である。

これが宇宙海賊ならば不安にもなるだろうが、仮にも反乱軍は少し前まで正規軍だった。

ダリア傭兵団もシレーナが鍛えた艦隊である。

いくらバンフィールド家の艦隊が相手だろうと、十分に勝算はあった。

副官がシレーナに同意しながら、今後の相談をする。

「敵も粘りますね。倍の数を相手によく戦いますよ。指揮官は相当な手練《てだ》れではありませんか？」

シレーナは端末で敵の指揮官を確認する。

リバーから手に入れた情報だ。

「マリー・マリアン中将ね。——あら？　帝国大学に在籍中となっているわね」

「大学通い？　それでもミドルネームがないなら、騎士候補ということですか？」

「いわゆる曰《いわ》く付きかしらね？　有能な騎士を国外から引っ張って、強引に帝国騎士にしているのかもね」

「貴族様は何でも強引ですね。それでは、気が抜けない相手に我々はどうします？　このままでは、負けないまでも被害が出ますよ」

情報の少ない騎士が指揮官と聞いて周囲は油断しているが、シレーナは嫌な予感がする。

「――私の機体を用意して。大事に守っている超大型輸送船の一つでも破壊すれば、統率に乱れが出るはずよ」

それを聞いて副官が頷《うなず》き、部下たちに指示を飛ばす。

「シレーナ様のゴールド・ラクーンの準備を急がせろ！」

ただ、シレーナは機体の名前が気に入らないのか、眉根を寄せる。

「機体名はキマイラに変更すると伝えたでしょう」

「え？　あ、はい。ですが、あの見た目でキマイラは――」

「いいから！」

「は、はい！　団長のキマイラの出撃準備を急がせろ！」

◇

戦場に飛び込んだメレアを待っていたのは、敵艦からの砲撃だった。

アタランテのコックピットには、様々な通信が飛び込んでくる。

　まずはブリッジだ。

『騎士様のおかげで酷《ひど》い迷惑な話だ！　おい、防御フィールドは大丈夫なんだろうな？』

『改修を受けたおかげで、以前よりも頑丈ですよ』

『それなら、さっさと迷惑な連中を追い出せ！』

　エマたちを迷惑な連中と言って追い出そうとしているブリッジ。

　そして、ラッセル小隊も騒がしい。

　原因はシャルだ。

『どうして僕たちが、あいつの指揮下に入るのさ!?　臨時で昇進したからって、こっちにはラッセル隊長がいるのに！』

　ヨームも納得いかないらしい。

『上の命令だけど、確かに腑《ふ》に落ちないよね。コネの臭いを感じるよ』

　ヨームの考えはあながち間違ってはいない。

　だが、ラッセルは不満そうにしながらも命令だからと受け入れていた。

『お前たち、これは命令だぞ。マリー様から直々の命令とあれば、不満があろうとも飲み込んで遂行するのが騎士だ』

　ただ、シャルは納得しない。

『――隊長、個人的な理由で納得しているよね？』

　ヨームはラッセルの心情を理解しているようだ。

『そりゃあ、憧れの騎士様に命令されたら浮かれるよね。むしろ、活躍して褒めてもらいたいんじゃないの？』

そんな部下二人の意見を無視して、ラッセルはエマに話しかけてくる。

『それで中――いや、ロッドマン大尉、我々の目的はどうなっている？』

好きなことを言い合いつつも、まとまりのあるラッセル小隊をエマは羨ましく思いながら答える。

「苦戦している部隊を救助するため、敵艦隊に攻撃をかけます」

襲撃を受けている味方は、護衛対象がいるため思うように動けていなかった。

敵はドンドン距離を詰めており、艦隊戦にしては至近距離での撃ち合いが行われている。

戦場は互いの機動騎士も出撃し、激しい乱戦に突入していた。

狭い戦場で激しく撃ち合っている、というのが現状だ。

『了解した』

「え？」

素直に受け入れるラッセルを、エマは意外に思った。

それが顔に出ていたのだろう。

ラッセルがエマから視線を逸《そ》らす。

『――確かに私は君を認めていないが、命令を無視するような行動はしない。上が君の指揮下に入れというのなら、素直に従うさ。ただし、君に私たちを使う器量がないと判断したら、上に報告する』

エリート意識が高く、苦手だった同期の騎士。

エマも経験を積み、悪い相手ではないように思えてくる。

「助かります。それでは、出撃します」

アタランテを固定していたアームのロックを解除し、アームに掴《つか》まれて電磁カタパルトまで移動させられる。

ラッセルたちのネヴァン・カスタムもそれに続いていた。

オペレーターの声が聞こえてくる。

『準備が出来たぞ』

「――アタランテ、出ます」

カタパルトから射出され、宇宙空間へと放り出された。

アタランテはそのまま、バックパックのブースターで加速を行う。

後方からついてくるネヴァン・カスタムに速度を合わせ、三機を先導する位置についた。

「このままあたしたちは敵艦を狙います！」

『了解！』『はいは～い』『四機編制って俺は初めてかも』

エマに対して思うところはあるような三人だが、それでも命令には素直に従っていた。

加速する四機が向かったのは、味方を押し込んでいる敵艦隊だ。

五百メートル級の戦艦を中心とした数十隻。

エマたちは戦艦を目指して飛び込んでいく。

「先に戦艦を狙います」

アタランテが専用の多目的ビームライフルを構えると、先に攻撃を仕掛けたのは一番後ろにいたヨームだった。

大型のライフルを所持しており、エマより先に射撃を行う。

『いきなり大物狙いとか無茶を言いますね。――援護しますよ』

周囲に展開されている機動騎士を狙い撃っていた。

一機、二機、と撃墜していくその腕は、口だけではないのだと実感させてくれる。

今度はシャルが敵に飛び込んでいく。

『あ～あ、騎士相手じゃないとスコアにならないんだけどなぁ～』

シャルの機体が敵機動騎士を撃破し、アタランテの突入コースを確保していた。

ラッセルが叫ぶ。

『周囲の敵艦がこちらに狙いを定めている。あまり長居しては、蜂の巣にされるぞ！』

集中砲火を受けては、いくらネヴァンタイプでも撃破されてしまう。

エマはラッセルが周囲の状況をよく見ているのを察した。

「あたしが仕留めます」

（まとまりはあると思っていたけど、個々の能力もうちとは大違いだ）

アタランテが加速すると、敵艦の防御フィールドにぶち当たった。

バリバリと発光現象が起きて、周囲に放電まで起きているのだが――。

「アタランテがこの程度で止まるものかぁぁぁ!!」

アタランテのブースターが火を噴くように光を発すると、防御フィールドをぶち抜いた。

そのまま敵艦の真上からブリッジに向かって、アタランテがビームを射撃する。

アタランテの余剰エネルギーをチャージした一撃は、容易にブリッジを貫いて――艦の反対側まで突き抜けた。

ブリッジが爆発し、艦内に誘爆が広がっていく。

他の敵艦からは対空攻撃用の光学兵器が攻撃を開始するが、アタランテはそれらを避けて敵艦から離れて行く。

その頃には、ラッセル小隊もアタランテの側《そば》に来ていた。

敵戦艦が爆発する光景を見ながら、シャルが驚きの声を上げる。

『本当にあの中をぶち抜いて戦艦を沈めたよ』

エマは敵艦撃破という大戦果を挙げながらも、不快感に包まれていた。

「――次の目標に向かいます」

(急がないと護衛対象を守り切れない)

ニューランズ商会の大型輸送艦を守るため味方が奮戦しているが、数の多い敵に苦戦を強いられていた。

味方を救うために、アタランテとラッセル小隊は次の目標へと向かう。

第十二話 ▼ 強化兵士

指揮権を奪ったエマが、メレアを前に出させて戦闘に参加させた。

本人はアタランテに乗り込みラッセル小隊を率いて、苦戦している味方を助けて回っている。

高機動型のネヴァンタイプで編制された臨時の四機小隊の活躍は凄《すさ》まじく、エマたちの活躍を旗艦のブリッジで確認したマリーは満足そうに微笑を浮かべている。

「ようやく期待された役割を果たせたわね。やれば出来るじゃないの」

隣にいるヘイディが、エマたちの活躍を見て口笛を吹く。

「第三兵器工場のじゃじゃ馬は、噂《うわさ》以上の化け物機体だな」

アタランテの性能に目が行っているヘイディに、マリーはやや呆《あき》れた口調で注目するべき点を指摘する。

「相変わらずのお馬鹿さんね。見るべきは機体ではなくパイロットよ」

「あん？　そりゃあ、特異な天才とは聞いているが」

「アタランテみたいなじゃじゃ馬が、パイロットの才能だけであそこまで活躍するものですか。あの子、将来性は天才ちゃん以上よ」

「そこまでかよ」

ヘイディは驚いていたが、マリーは戦況の方を気にかける。

「――さて、戦況はどうなっているのかしら？」

ヘイディは周囲に幾つもの映像を浮かべ、それらを瞬時に確認していた。

普段の言動からは想像できない程、副官としての能力を持ち合わせていた。

そんなヘイディが僅かに眉根を寄せているため、優勢とは言い難いらしい。

「よく戦ってはいるが、敵の攻勢に押され気味だな。まぁ、状況的にこっちが不利であるから、頑張っている方だろ」

気の抜けたヘイディの説明を聞いて、マリーは少しばかり考え込む。

「戦闘に勝つだけでは失敗と同じよ。目指すべきは完璧な勝利だけ」

「相変わらずの欲張りさんだな」

ヘイディが呆れていると、マリーは冷たい微笑を浮かべていた。

また何を考えているのやら？　と困った顔をするヘイディがマリーに問う。

「何をするつもりだ、マリー？」

「決まっているじゃない」

◇

反乱軍の旗艦には、ミゲラの姿があった。

司令官の席に座っており、癇癪《かんしゃく》を起こしながら周囲へ命令を出している。

「どうして数で劣る敵にここまで苦戦しているの！　敵を追い払いなさい！」

戦況を簡易的に表示しているモニターを見れば、味方の前衛が崩れつつあった。

崩れずにいるのは、期待していなかったダリア傭兵《ようへい》団の艦隊である。

ミゲラの側に立つ司令官が、戦闘中に喚《わめ》くミゲラに腹を立てながら説明する。

これまで何度も繰り返した説明なのだろう。

声に呆れが含まれている。

「輸送艦に攻撃できない状況なので、これ以上は攻められませんよ」

奇襲をかけたまではいいのだが、問題はミゲラの狙いが物資を満載した輸送艦という点だ。

敵艦は攻撃しても、輸送艦には傷を付けるなと注文が入っている。

「あの輸送艦の物資は、今後我々が活動するために必要な物なのよ。それに、あれ一隻でどれだけの価値があると思っているの？　今後のためにも絶対に確保しないと駄目だと何度言わせるの」

政治的にも、軍事的にも物資が欲しいのは事実だ。

大型輸送艦という貴重な物を手に入れたい気持ちは、司令官も理解している。

だが、それを可能とする力を持っていなかった。

「敵は精強です。物資を諦めなければ、勝てません。統一政府に物資が渡らなければ、それでいいではありませんか」

　司令官の言葉に、ミゲラは顔を赤くして怒鳴りつける。

「軍隊を動かすために物資が必要だと言ったのはあなたたちでしょうに！」

　先程から言い合いが続いているが、ミゲラは司令官の説得を諦めたらしい。

「もういいわ。さっさと強化兵士たちを出しなさい。薄汚い傭兵たちが持ち込んだ人型機動兵器があるでしょう？」

　司令官はミゲラに命令されると、苦々しい顔をする。

「彼らは我々にとっても切り札ですよ。出撃させるタイミングはこちらで決めさせてもらいます」

「私に逆らうの？　あなたは軍人よね？」

　統一政府は文民統制であり、その流れをミゲラたちも引き継いでいた。

　もっとも、現在はミゲラ一強で、彼女の言葉が政府の指示という状況である。

　司令官が自棄《やけ》になりながら命令を出す。

「強化兵士の出撃準備を急がせろ！」

◇

　グラディエーターのコックピットで待機していたネイサンに、出撃命令が出された。

モニターに素っ気ない命令文が表示されると、機体を本格機動させる。

薄暗かったコックピット内が明かりに照らされた。

機体に取り付けられたカメラが、周囲の光景を網膜に投影してくる。

「やれやれ、今回は指揮官に恵まれなかったか」

コックピット内で戦況を確認していたが、どうやら自軍の指揮官は有能ではないらしい。

「仮にも正規軍が数で劣る相手に襲撃をかけて劣勢か」

今回は運が悪かったと思いつつ、心のどこかで敵が強いことを望んでいた。

「……強い奴《やつ》がいればいいんだが」

強化兵士としての人生を終わらせてくれる敵がいることを願いつつ、ネイサンは機体を発艦させた。

発艦した直後、ネイサンの周囲には強化兵士たちの乗る人型機動兵器が集まってくる。

旗艦に残って指示を出す指揮官が、無駄に大きな声で命令してくる。

『シータYA0891、お前の中隊は友軍を沈めている帝国の騎士気取りたちを沈めてこい』

「……了解」

『必ず仕留めろ。奴らは敵のエース部隊だ』

エース部隊と聞いて、ネイサンは心のどこかで期待する。

(私を沈めてくれる敵がいることを願うか)

◇

「これで八隻目！」

ネヴァン・カスタムの操縦席では、ラッセルが汗だくになっていた。

小隊で共同撃墜した巡洋艦が、炎に包まれていく光景がモニターに広がっている。

最初に戦艦を一隻撃破したのはいいが、その後は自分たちを放置できないと考えた反乱軍が集中的に狙ってくるため苦戦を強いられていた。

素早く残弾数や酸素、エネルギーなどを確認する。

「まだ戦えるが、これ以上は厳しいか」

補給のタイミングを考えていると、敵艦隊から機動騎士が出撃したのが見えた。

統一政府で言う人型機動兵器だが、そのフォルムに違和感を覚えた。

「今までの敵機と様子が違う？」

これまで戦ってきた敵の、統一軍で使われているデザインと違っていた。

シンプルなのは統一軍らしいが、デザイン的に帝国軍が好む機動騎士のようにも見えた。

「新型か？」

人型機動兵器の中隊は、迷わず自分たちの方に向かってきていた。

その動きは、一般兵とは異なっていた。

目ざといシャルは、相手が強化兵士であると見抜くと我先にと襲いかかる。

『強化兵士なら、僕のスコアになれよ！』

レーザーブレードの二刀流で敵の中隊に斬り込むシャルだったが、これまでとは様子が違った。

散開した敵の中隊は、シャルの乗るネヴァン・カスタムを囲むように動いていた。

淡々と射撃を開始する敵機たち。

シャルもこれまでの敵とは違うと感じたのか、急いで回避行動を取る。

「不用意に接近するな！」

すぐにラッセルとヨームが援護射撃をしてシャルを救助する。

合流したシャルは、敵中隊に危機感を覚えたらしい。

『こいつら宇宙海賊の時とは大違いじゃない！』

後ろでライフルを構えているヨームは、敵の動きを見て僅かに焦っていた。

『強化兵士を大量投入してきましたね。もっと他の戦場にも目を向けるべきでしょうに』

自分たちが戦う戦場に、大量の強化兵士たちが投入された。

ラッセルはすぐにシャルに確認する。

「シャル、やれるか？」

曖昧な質問の意図を、シャルは理解してくれる。

『一対一なら余裕ですよ。でも、こいつら集団戦に特化しているから厳しいかも』

ラッセルはこの状況が危険であると察し、自分のミスを後悔する。

「目立ちすぎたか。いや、それよりも先に補給を済ませるべきだった」

奮戦した結果、強化兵士たちを相手にするだけの弾薬やエネルギーが不足していた。

このまま逃げ出しても追撃され、後ろから撃たれてしまう。

メレアに逃げ込んでも、メレアが撃墜される。

運良く逃げ切れても、騎士と同程度の力量を持つ強化兵士の乗る人型機動兵器たちは、味方に襲いかかり被害を拡大させる。

状況としては絶望的である。

そんな中、アタランテは専用の多目的ビームライフルを背中にマウントする。

空いた両手に持つのは、ホルスターに収納していた二丁拳銃だった。

「何をしている、ロッドマン!?」

今更そんな武器で何をしようというのか？

『あたしが相手をします』

二丁拳銃で強化兵士が乗る人型兵器を相手にすると言い出したエマに、ラッセルは嫌な予感がして止めに入る。

「命を捨てるつもりか!?　駄目だ、私たちも支援をする」

エマを見捨てられないと、頼りない残弾数で支援を申し出た。

だが、エマはそれを拒否する。

『いえ、いりません。今のあたしなら過負荷状態でなくたって――』

アタランテが加速すると、ロケットブースターから青白い光が尾を引くように伸びた。

そのまま敵機に襲いかかるアタランテは、拳銃に取り付けたブレードで強引に斬り裂く。

エマの動きを見ていたシャルが驚いている。

『速っ!?　噂《うわさ》の秘密兵器ってやつ!?』

アタランテは秘密の機動騎士だが、その活躍振りは噂となってバンフィールド家の騎士団にも広まっていた。

アタランテの戦い振りを見た騎士曰《いわ》く、稲妻のようだった、と。

「これがロッドマンの本当の実力か」

かつて騎士として相応《ふさわ》しくないと断言した相手だ。

そんな彼女が、一機、また一機――連携を取っていた人型機動兵器の中隊が、アタランテの単体戦力に倒されていく。

(ロッドマン――君はこんなにも――くっ!)

ラッセルは目の前の光景を最初は信じたくなかったが、すぐに気持ちを切り替える。

「ロッドマンだけに戦わせるな!」

シャルとヨームを率いて、ラッセルはエマのカバーに向かった。

◇

一人の強化兵士が、素早い機動騎士を相手に苦戦を強いられていた。

何とも馬鹿げた機体だった。

速度を出すために無茶な設計がされている。

戦い方も酷《ひど》く、仲間を置き去りにして単体で自分たちと戦っていた。

デザインも無駄が多く、帝国らしい無駄に高い性能を頼って個人技で戦う人型機動兵器だ、と。

それに武器も酷い。

ブレードの付いた拳銃を両手にそれぞれ構えている。

「ガンマン気取りの帝国騎士様にしては強いじゃないか」

強化兵士たちは感情を抑制されており、恐怖を余り感じない。

次々に仲間が撃破されても怯《おび》えず、逃げ出そうという気持ちにならない。

ただ、命令を遂行することだけを優先する。

そんな彼らだったが、二丁拳銃の機動騎士を相手に僅かに恐怖を覚えていた。

距離を取れば射撃で、近付けば斬り付けてくる。

たった一機で自分たちの連携を崩し、撃破していくのだから。

「支援に回った三機も厄介だな。先に潰したいが、二丁拳銃が目ざとく潰しに来る」

支援攻撃を行う機動騎士三機を狙えば、二丁拳銃が襲いかかってくる。

「眠っている間に帝国に凄《すご》いエースが出てきたな。最後に名前だけは聞いておきたかったが……うん、どうやら無理そうだ」

コックピットの中で、強化兵士の男は目の前に迫る二丁拳銃を見ていた。

拳銃に取り付けたブレードが淡く光っているのを見るに、実体剣からレーザーブレードを出しているのだろう。

コックピットのやや上を狙って突き立ててくるが、強化兵士の乗る人型機動兵器は捕虜に取られないため自爆する設定になっている。

コックピットが激しく揺れると、自爆装置が起動した。

男はこれで終わりだと覚悟を決めると、出撃前に会話したネイサンを思い出す。

「やっぱり『ネイサン』の理由を聞いておいて正解だった。死ぬ時に後悔しなくて済んだぜ」

二丁拳銃の機動騎士に機体を蹴り飛ばされると、ネイサンの声がする。

『……仇《かたき》は取ってやる』

間に合わないと見切りを付けられたが、男は気にしていなかった。

これまで何度も仲間を見捨ててきたのは自分も同じだからだ。

「二丁拳銃……うちのエースは強いから覚悟しろよ」

男が言い終わったタイミングで、機体は爆散した。

◇

出撃前に会話をした男が戦死した。

たったそれだけなのだが、感情の乏しいネイサンの心にも来るものがあった。

「各機、二丁拳銃は私が相手をする。他は支援に回った三機を狙え」

『了解』

落ち着いた声で返答してくる部下たちを先に行かせると、二丁拳銃が追いかけたので進路上に割り込んだ。

胸部バルカンで牽制《けんせい》しつつ、ネイサンは機体の膝アーマーから左手でナイフを抜いた。

「ここからは私が相手をしてやるよ、二丁拳銃」

中隊を率いる立場で指揮に専念していたが、ここからは全力で戦える。

二丁拳銃も自分を脅威と判断したのか、ネイサンに意識を向けたのが伝わってくる。

そのまま一対一で戦闘が始まると、ネイサンは敵機の異常な性能を理解し始める。

「機体性能はあちらが上か。こちらも高機動型なのに歯が立たないか」

ネイサンは冷静に機体を操縦しながら、二丁拳銃の速さに付いていくのを諦めた。

周辺状況を頭に入れ、二丁拳銃が自分から離れないような位置取りを行う。

二丁拳銃が自分を無視しないようにすればいいだけだ。

「お前のスピードは驚異だが、言ってしまえばそれだけだ」

二丁拳銃が接近し射撃をしてくると、ネイサンは避けてビームマシンガンで攻撃を行う。

数発は命中したが、敵機の装甲を少し赤くして暖めるだけに終わった。

「装甲素材まで特注か。特機というやつか？　戦うのは久しぶりだな」

徐々に敵の性能を理解し、どのように戦えばいいのか頭の中で組み立てていく。

二丁拳銃が距離を詰めブレードで斬り付けてくるが、それをネイサンはナイフで弾《はじ》いた。

「思った通りだ。スピードは速いが、決定打に欠ける」

味方機は翻弄されていたが、ネイサンからすれば敵機は決定打に欠けていた。

拳銃ではマシンガンほどの連射も出来ず、ライフルのような威力もない。

取り付けたブレードも短剣程度の長さしかなく、接近戦に持ち込めば十分に対処可能だった。

「……お前も対処可能な範囲止まりだったな」

ネイサンは少しだけ残念そうに呟《つぶや》いた。

◇

「強い……この人！」

アタランテのコックピットで、エマは加重に耐えながら人型機動兵器に視線を固定していた。

制限内の上限まで性能を引き出して戦ってみたが、倒しきれなかった。

戦ってみて感じたのは、強化兵士の異質さだ。

感情が抑制されていると聞いたが、どんな状況下でも冷静に戦えるのは強化兵士の強みだろう。

通常なら戦力の二割を喪失すれば軍では大敗扱いだ。

それなのに、部隊の仲間を二割も削られても平気で戦っている。

また、自分との間に経験の差があるのも感じ取っていた。

「位置取りもいやらしいし、立ち回りも無駄がない。こっちが嫌になることばかりやって、好きにさせてもらえない。……これが統一軍のエース！」

エマは目の前の人型機動兵器に専念しているが、相手は周辺の状況をよく見て戦っている。

このままでは倒しきれないと悟ったエマは、深呼吸をしてからアタランテのリミッターを解除する。

「エースが相手だろうと、あたしは負けたくない！　アタランテ、行くよ!!」

エマのかけ声に呼応するように、アタランテが過負荷状態に入った。

関節部から放電現象が発生すると、各部のエネルギー出力が一気に跳ね上がった。

二丁拳銃に取り付けられたブレードにエネルギーが流れて、刃が黄色く発光する。

過負荷状態——オーバーロードを発動したアタランテは、更に加速していく。

エマの体がシートに押さえつけられるが、無視して操縦を続ける。

更に加速したアタランテに敵機も僅かに動揺を見せていた。

すれ違い様に斬り付ければ、敵機の太ももに傷が入る。

「浅い！　次はもっと深く!!」

急加速と方向転換に、エマの体はコックピット内で揺さぶられていた。

しかし、操縦桿《かん》は握ったまま。

視線も敵から外れていない。

マリーのもとで鍛えられた成果が出ていた。

「やれる。今のあたしなら――アタランテの性能を限界まで引き出せる!!」

過負荷状態に移行したアタランテを操縦してみせるエマは、敵のエースに向かって襲いかかった。

ビームマシンガンで攻撃を受けるが、エマの動体視力が射線を読む。

ビームの雨の中をかいくぐり、避けられなかったビームも過負荷状態のアタランテの作り出した防御フィールドを貫けずにいた。

ビームマシンガンが有効ではないと判断したのか、敵機は武器を捨ててナイフを二刀流で構えた。

胸部にあるバルカンが火を噴くと、実体弾が発射された。

「アタランテの装甲なら！」

実体弾をアタランテの装甲が弾く。

アタランテが激突する勢いで敵機に迫り、ブレードで斬り付ける。

何度も、何度も。

それを敵機もナイフで弾いていた。

スピードとパワーで強引に振り回すエマと違って、相手は技術力で足りない部分をカバーしている。

この人は強い——そう思いながら、エマはマリーとの訓練を思い出す。

「でも、司令より強くない!!」

理不尽な暴力の化身にも思えたマリーよりも、敵のエースは怖くなかった。

エマはこの状況を打開する方法を考え、そしてアタランテに余裕がある部分に目を付ける。

脚だ。

「これなら！」

アタランテが足技を使い始めた。

これには敵のエースも驚いたらしい。

機動騎士が蹴り技を放つなど予想していなかったらしく、動きに乱れが出ていた。

「そこ！」

その隙を見逃さず、エマはブレードを突き立てて拳銃の引き金を引いた。

何度も、何度も。

弾丸が三発目にして装甲を破壊し、コックピットを外した上を貫く。

念のために両腕も斬り裂いて戦闘不能状態にすると、エマは敵機から距離を取った。

その頃には、破壊されたコックピットからパイロットが姿を見せていた。

さっさと逃げてほしいと思っていたが、パイロットは今にも爆発しそうな機体から離れようとはしなかった。

「どうして脱出しないの!?」

◇

ネイサンはコックピットから外に出ると、自分を倒した機動騎士を眺める。

「戦場で黄色く光るなんて目立ちすぎる。本当に帝国人の考えは理解不能だよ」

ただ、綺麗《きれい》だと思った。

機体から離れない自分に手を伸ばそうとしている姿を見て、ネイサンは苦笑する。

「戦闘中から敵に同情したら駄目だろう。というか、手加減しなければもっと楽に私を倒せただろうに」

真剣勝負で手を抜かれた悔しさもあったが、それよりも解放されたのが嬉《うれ》しかった。

「ありがとう、敵のエースさん。これでようやく終われるよ」

敵機が伸ばした手を拒否するネイサンは、機体の自爆に巻き込まれる。

爆発に巻き込まれる瞬間に思い出したのは、自分のコールサインの由来だった。

蘇《よみがえ》った記憶の中で、幼い女の子が自分のことを「姉さん」と呼んでいた。

ネイサンは最後に笑う。

「なんだ。ただの勘違いか……」

◇

爆発した敵機を見て、エマは一度目を閉じてから気持ちを切り替える。

(まだ戦闘は終わってない)

今もラッセルたちが懸命に戦っていた。

過負荷状態を終了させると、アタランテの各部に負荷がかかったため警告が出ている。

深刻な状態ではないが、通常時よりも性能が下がっていた。

以前は過負荷状態になれば、その後は整備をしなければ動かなかったのに凄い進歩だった。

各部の問題も深刻ではないし、大事なフレーム部分に問題は出ていない。

素早く機体をチェックしたエマは、問題ないと判断する。

「まだ戦える。ラッセル君たちを助けないと……」

敵エースとの戦闘を終えて精神的に疲労していたが、エマは味方を救うために動き出した。

第十三話 再起

かつてゴールド・ラクーンと呼ばれた機体は、その名をキマイラに改められていた。

失った左腕には、右腕よりも長い特注の左腕が取り付けられている。

紫色で禍々《まがまが》しいデザインをしており、強靱《きょうじん》な長い爪を持っていた。

手の甲にはビームキャノンが取り付けられており、左腕自体が武器となっている。

シレーナ率いるダリア傭兵《ようへい》団の機動騎士部隊。

ゴールド・ラクーンに搭載された機能で、敵のレーダーと視界から消え、輸送船に接近していた。

「せめて一つくらい拿捕《だほ》しないと、仕返しにならないわよね」

第七兵器工場襲撃時に、シレーナはバンフィールド家に手痛い思いをさせられている。

その意趣返しとばかりに、輸送艦への攻撃を優先していた。

護衛対象を守り切れなければ、バンフィールド家にもダメージが行くと思ったから。

急に姿を見せた傭兵団の機動騎士たちに、ニューランズ商会の輸送艦からは機動騎士が出撃する。

その様子を見ていた部下は、少し緊張しているようだ。

『隊長、やつらの用心棒たちが出てきましたよ』

部下の言葉を聞いて、シレーナは唇を舌で舐《な》める。

「ニューランズ商会ご自慢の用心棒の皆さん、私たちが遊んであげるわよ」

迫り来る敵機を左手の爪で貫き、振り払った。

用心棒たちがキマイラを囲んで攻撃を仕掛ければ、尻尾のようなバックパックから光の粒子が発生してキマイラが姿を消す。

『消えた!?』

『捜せ！　奴《やつ》らを近付けさせる——なっ!!』

言い終わる前に用心棒たちの背後に回ったキマイラは、その禍々しい左腕でコックピットを貫く。

爆発する機動騎士。

残った用心棒たちには、シレーナの部下たちが集団で襲いかかって撃破していた。

部下の一人がシレーナに近付いてくる。

『そいつの性能を引き出せているみたいですね』

「二年も乗り回せば嫌でも上達するわよ」

『見た目が気に入らないのによく乗り続けましたね』

「外見は嫌いだけどね。でも、乗り回しても壊れない頑丈さは好きよ」

バンフィールド家のアタランテに敗北したシレーナは、その後に数々の戦場で戦った。

失った戦力を取り戻しつつ、ダリア傭兵団の名を汚さないように。

その際にキマイラで戦場を駆け回ったのだが、シレーナの荒々しい操縦にも壊れず付き合ってくれている。

二年という時間は、シレーナに愛着を持たせるのに十分だった。

「さて、ブリッジを押さえるとしましょうか」

ミゲラたちの様子を確認すれば、バンフィールド家相手に苦戦を強いられ目的を達成できていなかった。

その様子を見てシレーナが嘲笑《あざわら》う。

「わざわざ戦場にまで出てきたあの女は、手ぶらで帰ることになりそうね」

◇

メレアのブリッジでは、輸送艦からの救援要請が届いていた。

「敵にすり抜けられるとは、護衛艦隊は何をしているのやら」

指揮権を奪われたティム大佐は、救援要請を聞いても助けに向かうつもりはなかった。

自分は指揮権を奪われたので、勝手にメレアを動かせないから――という建前だ。

オペレーターが振り返ってティム大佐の顔を見る。

「どうします？　味方は目の前の敵で手一杯ですが？」

「騎士様の命令に従うだけだ。そもそも、パイロットは全員出撃許可が出ていないだろ？

自業自得だよ。自分たちの力を過信しすぎた結果だ」

　これもエマのせいだ、というティム大佐にオペレーターが悩ましい顔をしていた。

　かつて――自分たちを死地に放り込んで助けなかった上層部と同じではないか？　そう言われたのが応えているようだ。

　それは大佐も同じである。

　落ち着かない様子で椅子に座っていると、ブリッジにダグがやって来た。

　パイロットスーツに着替えたままで、いつでも出撃出来るようにしていた。

　どうやら、酒も抜いてきたらしい。

「ティム司令、出撃の許可をくれ！　それが無理なら、俺たちだけでも勝手に出る」

　真顔で言うダグに、ティム大佐は困惑する。

「ダグ？　だけど、お前は――」

　ダグの後ろを見れば、そこにはラリーを始めパイロットたちの姿があった。

　全員、普段の気の抜けた表情はしていなかった。

　ダグが全員を代表して言う。

「あのお嬢ちゃんに言われたまま、引き下がれるかよ。それに、俺は――俺たちは、憎んでいたあいつらと同じにだけはなりたくない」

　これまでの行いに悔やむ顔をするダグは、悔しそうで――そして悲しそうだった。

　ダグが背を向ける。

「――勝手に出撃する。あんたには迷惑をかけるつもりはないから、頼むからハッチを開いてくれ」

ティム大佐も内心では気付いていたのだ。

自分たちがかつて嫌った上層部と同じであり、行き場のない怒りを現在の上層部にぶつけているだけだと。

だが、どうすることも出来なかった。

旧軍が解体された際に糸が切れ、心が折れてしまい、立ち上がれずにいた。

ティム大佐が帽子をかぶり直し、そしてシートから立って指示を出す。

「機動騎士だけで出撃して、エネルギーを消耗してどうする？　メレアはこのまま輸送船の救援に向かう。お嬢ちゃんにも知らせておけ」

オペレーターが驚きつつも、僅かに嬉しそうにしていた。

「いいんですか？」

「民間人を守るためだ。あの正義の味方気取りのお嬢ちゃんに、文句を言われる筋合いはない」

「はい！」

パイロットたちが自分たちの機体へと向かう中、ティム大佐はダグを呼び止める。

「ダグ、本当に良いんだな？」

ダグは背中を向けたまま答える。

どうやら、気恥ずかしいようだ。

「今更柄じゃないのはわかっているんだが、あそこまで言われて立ち上がらなかったら
——俺は本当に生きたまま死ぬのと同じだ」

ダグがブリッジから去って行くと、大佐が呟《つぶや》く。

「——生きたまま死ぬのと同じ、か。ま、確かに死んでいたのと同じだわな」

自分たちは生きながら死んでいたと言われ、ティム大佐は納得する。

ダグたちが去ったブリッジで、ティム大佐は呟く。

「こうなる前に、仲間たちと一緒に戦場で死んでおくべきだったぜ」

第十四話 ▼ キマイラ

傭兵団に襲撃を受けたのは、パトリスが乗る輸送艦だった。

船長やクルーたちの怒号が聞こえる中、パトリスは襲撃者たちを睨《にら》む。

モニターに映る機動騎士の姿に、眉を顰めていた。

バックラーと呼ばれる最近出回り始めた小型の機動騎士は、一部の傭兵や宇宙海賊たちに人気が高い。

その中に、目立つ金色のラクーンがいた。

パトリスはどこの傭兵団か見当が付く。

「よりにもよって、ダリア傭兵団に狙われるとは運がないわね」

横でパトリスの話を聞いていた船長も同意する。

「名のある傭兵団ですからね。襲撃してきた反乱軍よりも厄介ですよ」

統一政府時代に鍛えられた反乱軍の軍隊も厄介ではあるが、それ以上に各地で暴れ回って来た名のある傭兵団は手強《てごわ》いとパトリスたちは理解していた。

傭兵団もピンキリだ。

寄せ集めの集団から、軍隊と同レベルの精強さを誇る集団もいる。

ダリア傭兵団は後者だった。

下手な貴族の私設軍よりも精強で、パトリスたちも敵に回したくない相手だ。

護衛の機動騎士たちが時間を稼いでいるが、ゴールド・ラクーンを前に次々に撃破されていく。

宇宙空間で幻影を作り出し、レーダーすら誤魔化す厄介な機動騎士だ。

シルエットから鈍《にぶ》い重装甲の機体に見えるが、第七兵器工場が次世代機として開発した性能は伊達《だて》ではない。

そもそもゴールド・ラクーンは、リアムの予備機に、と建造された機動騎士である。

その他の量産機と違って改修されているため、性能は二割から三割増しだろう。

次々に護衛機が破壊されていく光景を見ながら焦りを募らせていると、ブリッジのオペレーターが僅かに弾んだ声で知らせてくる。

「護衛艦隊より軽空母が接近してきます！」

接近してくる味方の軽空母を目視で確認すると、パトリスは胸をなで下ろした。

「これで時間を稼げるわね」

ただ、同時に思う。

(軽空母一隻か。ダリア傭兵団が相手となると、心許《こころもと》ないわね。彼らが時間を稼いでいる間に、本隊が救援に来てくれるといいのだけど)

商人として頭の中で冷静に分析するパトリスは、軽空母一隻の戦力ではダリア傭兵団を抑えるのは難しいと考えていた。

◇

輸送艦を救援するため出撃したダグは、コックピットの中で焦っていた。

「こいつらどこかで見た覚えがあると思えば、二年前の連中かよ！」

小型に分類される脚部を取り払った敵機動騎士たちは、自分たちが乗っているラクーンよりも性能は劣っているように見える。

しかし、パイロットの技量が違った。

戦い慣れた敵パイロットたちは、機体特性を活《い》かして上手《うま》く立ち回っていた。

その中には、騎士と同等の実力を持つ者たちもいる。

ビームガトリングガンを持たせたラクーンで戦うダグは、ちょこまかと動き回る敵機を捉えられずにいた。

「当たらない？　調整不足か!?」

一瞬だけ整備の問題が思い浮かんだが、第三小隊の整備士はモリーである。

彼女がこんなミスをするはずがないと気付き、そして問題は自分だと悟った。

(機体性能を引き出せないのは調整不足……いや、俺の実力不足か)

ダグも教育カプセルを使用し、ラクーンの操縦方法は頭に叩《たた》き込まれている。

肉体もその際に強化されているのだが――日々の怠惰な生活が、それらを無駄にしていた。

教育カプセルの効果は大きいが、使わない知識は忘れていき、トレーニングをしなければ肉体は鈍《なま》っていく。

機体の調整や訓練を放棄した結果、戦場で十全にラクーンの性能を発揮できずにいた。

それはダグだけではなかった。

『当たらない!?　モリーの奴《やつ》、照準の設定が甘いんだよ!?』

ライフルを持ったラクーンに乗っているのは、ラリーだった。

射撃をすると狙いと違ったようで、整備士であるモリーの責任を叫んでいる。

人手不足で小隊のオペレーターをやらされていたモリーが、ラリーの言葉に憤っている。

『ラリーが調整で手を抜くからでしょ！　そもそも、訓練と調整時間が少なすぎるのよ！』

機動騎士には、パイロットをサポートする機能がある。

パイロット個人のデータを収集し、調整していく機能だ。

乗れば乗るだけ、パイロットと機体の相性度は増していく。

実戦に出られずとも、訓練や調整に時間を割いていればまともに動いていただろう。

しかし、訓練や調整に手を抜いていたメレアのパイロットたちは、ここに来て機体の操縦に苦労していた。

これが格下の相手であれば性能で押し切れただろうに、相手は経験豊富なダリア傭兵団《ようへい》だ。

ラクーンの性能を出せないまま、追い詰められていく光景が広がっていた。

ダグたち第三小隊だけではない。

出撃した他の小隊も同じだった。

第三小隊の近くで戦っている第六小隊のジェシカなども、ダリア傭兵団のバックラーを相手に苦戦している。

『ちょこまかと逃げやがって!』

ジェシカを始め、メレアにいるパイロットたちは長年機動騎士を操縦してきた者たちだ。

経験だけで言えば、ダリア傭兵団にも負けていなかっただろう。

苦戦している原因は何か? 全員が察していた。

ダグはコックピットの中で自分の不甲斐《ふがい》なさを嘆く。

「こんなにも腕が衰えたのかよ。こんなにも俺は……」

ダグたちだが、実は自信を持っていた。

パイロットになり百年以上の経験が、今も残っている、と。

しかし、蓋を開ければ違った。

積み上げた努力も、培った経験も、腐って何もしなかった期間に衰えてしまっていた。

自分たちの最盛期に遠く及ばない。

俺たちは戦える! という漠然とした自信が消え去り、頭の中でエマの声が聞こえた気がする。

(日頃の訓練を軽視していると、腕が落ちますからね！——か。お嬢ちゃんが知ったような口を叩くと思っていたが、まさにその通りだったな)

今までは機体のせいにできたが、ラクーンという最新鋭の機体に乗れば嫌でも理解させられた。

自分たちは役に立たないのだと。

そして、金色の機体がダグの乗るラクーンに近付いてきた。

「こいつは盗まれた奴か！」

ガトリングガンを向けるも、ゴールド・ラクーンに似合わない左腕で弾《はじ》かれた。

そのまま禍々《まがまが》しい左腕に摑《つか》まれ、接触したことで通信回線が開いていた。

どうやら、盗まれた云々《うんぬん》というのを聞かれてしまったらしい。

敵のパイロットがダグに興味を示している。

『もしかして、二年前のあの場所にいたのかしら？』

「ちっ！」

舌打ちしながら、敵を振りほどこうとするが機体性能が違った。

同型機であるはずなのに、金色のラクーンはびくともしない。

敵パイロットは綺麗《きれい》な女性だったが、酷《ひど》く冷たい目をしている。

『アタランテのパイロットも来ているの？　教えてくれない？　それとも、あなたを殺せば出てくるのかしらね？』

自分たちは役に立たないと言って出撃させなかったエマを思い浮かべるダグは、吐き捨てるように言う。

「俺を殺しても無意味だぜ。あのお嬢ちゃんは出て来ないからな」

(あのお嬢ちゃんも昔の上官や上層部と同じだ。あいつが助けに来るわけがない)

自分たちを見捨てたエマが、助けに来ることはない。

シレーナは小さなため息を吐《つ》くと、ダグに興味が失《う》せたのか左腕の力を強めていく。

このまま握り潰そうとしているのだろう。

その光景をダグは見ていることしか出来なかった。

(ここで終わりか。余計な意地を張ったばかりに――)

昔を思い出して意地を張った事を後悔するも、心はどこかスッキリしていた。

(だが、悪くない。最後に自分を取り戻せたような気分だ。お嬢ちゃんには迷惑をかけたな)

正義感が強くて付き合うのは面倒な隊長を思い出していた。

すると、エマの声が聞こえてくる。

『あたしの仲間は殺させません!』

◇

メレアの危機を知り駆け付けたエマは、その中にゴールド・ラクーンを見つけて眉根を寄せた。

「お前は……サイレン！」

サイレン——それはシレーナの偽名の一つだった。

アタランテを破壊するために第七兵器工場に潜入したシレーナは、サイレンと名乗ってエマに近付いてきた。

親身に相談に乗るふりをして、自分を嘲笑《あざわら》い、そして——知り合った気のいいジャネット大尉を目の前で殺した相手を見つけてエマは激怒する。

ダグのラクーンを握り潰そうとしている状況を見て、すぐにアタランテで接近してゴールド・ラクーンを蹴り飛ばした。

その際に回線が開き、シレーナがそのまま通信回線を維持する。

『久しぶりね、会いたかったわよ』

「またお前はあたしの前に！」

アタランテが二丁拳銃を構えると、ゴールド・ラクーンが左腕を振り上げて襲いかかってくる。

引き金を引いて弾丸を発射するが、左腕の装甲板に弾かれた。

アタランテの武装を見て脅威はないと思ったのか、ゴールド・ラクーンが加速して左腕を振りかぶってくる。

大雑把な攻撃に見えるが、それだけ威力に自信があるのだろう。

一撃をもらえば、アタランテも無事では済みそうにない。

その攻撃を拳銃に取り付けたブレードで弾きつつ、シレーナと会話をする。

「その機体はバンフィールド家の物です。返しなさい、サイレン！」

『外見以外は気に入っているから嫌よ。それから、サイレンは偽名なの。傭兵団の団長をしている時はシレーナと呼びなさい』

「そうやって、またあたしを馬鹿にして！」

偽名を訂正してくるシレーナに、エマは更に怒りを抱いた。

以前、エマはシレーナに憧れていた。

出会った頃は、余裕のある大人の女性騎士だとばかり思っていたからだ。

自分もあんな風になれたら……そんな希望は、本人の暴露により最悪な形で裏切られてしまったのだが。

『馬鹿にされる方が悪いのよ。夢見がちな正義の騎士ちゃん。少しは大人になれたのかしら？』

「あたしは今も正義の騎士を目指しています！」

戦闘を継続しながら、エマはシレーナの前で堂々と宣言した。

シレーナの余裕ある雰囲気が消え去り、無表情になる。

『だからお前は馬鹿なのよ。世間知らずのお嬢ちゃんよね』

ゴールド・ラクーンの攻勢が強まり、アタランテが劣勢になっていく。

「お前だけはここで！」

ゴールド・ラクーンの左腕の攻撃を、エマは二丁拳銃で受け止める。

だが、威力を殺しきれずに吹き飛ばされてしまった。

ゴールド・ラクーンの左腕に装着されたビームキャノンが、アタランテに向かって放たれる。

吹き飛ばされつつも何とか回避するが、敵のビームキャノンは周辺に漂っていた敵機に命中すると一瞬で溶解させて貫いていた。

高威力のビームキャノンに、エマはコックピット内で冷や汗をかく。

（やっぱり強い。それに、こっちはエネルギー残量が心許《こころもと》ない。残弾数だって数発。オーバーロードも使えない）

過負荷状態で暴れ回ったアタランテは、現在はクールタイムに入っていた。

無理に過負荷状態へ移行すれば、内部から壊れてしまう可能性が高い。

（あの人と戦った時に無茶しすぎた）

反乱軍のエース率いる中隊と戦った直後だ。

そのままシレーナとの連戦になるとは、エマも予想していなかった。

切り札のない状態で戦うには、シレーナは厳しい相手だった。

シレーナがエマの状況を見抜いていく。

『あらあら？　切り札を使わないの？　いえ、使えないのかしらね？　それにさっきから射撃をしていないのは、残弾が心許ないのかしらね？』

アタランテの外観を見て、激戦を終えたばかりと気付かれてしまったようだ。

ろくな補給と整備を受けていないと見て、ゴールド・ラクーンが襲いかかってくる。

『残念だわ。切り札を使ったあなたを、この新しい左腕でグチャグチャにしたかったのに』

「こんなところでお前なんかに！」

劣勢の状況であるが、エマはまだ諦めなかった。

◇

アタランテとゴールド・ラクーンが、激しい戦闘を繰り広げていた。

その光景を見ていたラリーは、エマに向かって叫ぶ。

「さっさとオーバーロードを使用しろよ！　そんな相手、すぐに片付けられるだろ！」

エマに代わって、オペレーターを任されたモリーが答える。

『無茶を言わないでよ！　何度も使える機能じゃないのよ。そもそも、補給だってまともに受けていないままずっと戦っているのよ。エマちゃんも、アタランテも限界なんだから』

一瞬、ラリーは「補給くらい受けておけよ！」と正論を叫ぼうとして途中で止めた。

アタランテが補給を受けられない原因に気付いたからだ。

「――僕たちのためか？　あいつ、なんでそんな状態でこの場に来るんだよ!?」

メレアが補給できる状況でないのと、自分たちを助けるために無茶をしているのだ、と。

自分たちを見下す傲慢な騎士――それが、今は自分たちを助けるために、無茶をして敵と戦っている。

「何で!?　どうして!!」

混乱するラリーのラクーンに、ヨームの乗るネヴァン・カスタムが接近してくる。

『戦場で止まるなんて死にたいのかい？　それなら、ライフルと残弾は俺の方で預からせてもらうよ』

ラクーンの武器をネヴァンが奪い取ると、同じバンフィールド家の機体であるためすぐにロックが解除されたらしい。

「僕の武器だぞ！」

『知っているけど、俺が使った方が役に立ちそうでしょ？』

そのままヨームのネヴァン・カスタムが、敵機を狙い撃ち始める。

ラリーと違って日頃から調整を欠かしていないのか、ヨームは受け取った武器を射撃しながら微調整していき敵機に命中させていた。

（つ、強い。それよりも、こいつら何なんだよ。なんでこいつらまで、僕たちを助けるんだ!?）

この場にいるのはヨームだけではない。

ラッセルの姿もあった。

動けなくなったラクーンから武器を譲り受け、そのままダリア傭兵団《ようへい》の小型機動騎士と戦っている。

『ヨームはそのまま味方の救助を優先！　シャルメル！　この状況だ。特別手当度外視で戦ってもらうぞ！』

ラッセルが強い口調で命令すると、シャルは嫌そうな声を出しながらも命令を聞いていた。

『はい、はい。言われなくても戦いますよ～。それに、輸送艦を落としたら僕の評価も下がっちゃいますし～』

シャルが相手をするのは、騎士が乗っていると思われるバックラーだった。

ラクーンから受け取った戦斧《せんぷ》で敵に襲いかかっている。

ラッセルの方は、二人に指示を出しながら戦場を指揮しつつ戦っていた。

マシンガンを所持して、周辺を広く見ている。

『損傷した機体は下がれ！　第三小隊の君も仲間を回収して下がるんだ』

言われたラリーは、ダグの機体を回収しに向かう。

「ダグ！　武器がないなら一緒に下がろう！」

『――あ、あぁ』

呆気《あっけ》にとられているダグの声を聞いて、無事を確認したラリーは胸をなで下ろした。

そして、戦場を離れながらアタランテとゴールド・ラクーンの戦いを見る。

「あいつ、あのまま敵のエースと戦うつもりなのか」

無茶だと思っていた。

だが、アタランテが徐々にゴールド・ラクーンを押し始めていた。

◇

(何なのよ、この小娘は!!)

ゴールド・ラクーン――キマイラのコックピットで、シレーナは焦りを感じていた。

以前は調整不足のゴールド・ラクーンでアタランテと戦い、不慣れな機体とあって勝ちきれないどころか、ほとんど敗北だった。

今は調整を終えている。

幾度も実戦に使用し、今ではまるで自分の手脚のように扱えていた。

それなのに、過負荷状態へ移行しないアタランテを撃破できずにいた。

右腕に持っていたアサルトライフルの銃口を向けると、アタランテが即座に反応する。

(動きが変わった?)

自信を付けたような動きを見て、シレーナは「敵も経験を積んできている」と察して気持ちを切り替える。

（遊んでいるつもりはなかったけど、どこかで見下していたようね）

集中してアタランテに迫るキマイラは、幻影を作り出す。

視界とレーダーから一瞬消えたキマイラは、アタランテに向かって左腕を槍《やり》のように突き刺す。

アタランテは避けきれずにいたが、それでも胸部装甲を僅かに削っただけに終わった。

一瞬、このまま削りきろうと考えたシレーナだったが。

「このままなぶり殺しに――しまった!?」

気付いた時には遅かった。

胸部装甲を僅かに削られたアタランテだが、接近してきたキマイラの左腕に拳銃のブレードを突き刺して引き金を引く。

肘関節を破壊され、左腕が使えなくなったキマイラは強引に後ろへと下がった。

しかし、アタランテが離れない。

下がった分だけ距離を詰めてくると、二丁拳銃に取り付けたブレードで斬りかかってくる。

「ちぃっ！」

前に出てキマイラの分厚い胸部装甲で防いだ。

タイミングをずらしたことで、アタランテのブレードは戦闘で限界に来ていたのか粉々に砕けてしまう。

これで片方の拳銃を使えなくした。

シレーナは冷や汗をかく。

(倒せる。このままやれば倒せるけど……それでは時間がかかりすぎる)

このままでは輸送船の拿捕《だほ》、あるいは破壊が出来ない。

撤退を考えていると、味方から通信が入る。

相手はミゲラだった。

『何をしているの！　早く私を助けなさい！』

悲愴な叫び声に、シレーナは一瞬だが怒鳴りつけたくなった。

周辺にいる敵味方関係なく発された通信だった。

これでは、旗艦の位置を教えているようなものである。

「ここまで愚物だったなんて！」

吐き捨てるように言うと、部下の一人が慌てていた。

『た、大変です！　友軍の艦艇が次々に破壊されていきます！』

「なっ!?」

シレーナが慌ててレーダーを確認すると、友軍の艦艇——反乱軍の艦艇が、今この瞬間も次々に破壊されていく。

レーダーから友軍を示すマーカーが、次々に消えていた。

すると、今度は敵が敵味方関係なく通信を行う。

『早く助けに来ないと、このマリー・マリアンが全て平らげてしまいますわよ。ほら、どうしたの？　かかって来いよ!!』

荒々しい女性騎士――護衛艦隊を率いる責任者が、自ら機動騎士に乗って戦場で暴れ回っていた。

シレーナは目を丸くする。

「どこまでもセオリーを無視する連中ね」

第十五話 マリー・マリアン

狐《きつね》を思わせる頭部シルエットの機動騎士は、第七兵器工場で開発されたテウメッサだ。

マリーと、その指揮下の部隊で運用される、扱いの難しい機体だった。

アシスト機能をオミットしており、マニュアル操作が必要になる。

操縦難易度の高い面倒な機体ではあるのだが、自在に操れれば同等の性能を持つアシスト機能を搭載した機体よりも強い、などと言われていた。

マニュアル操作が可能な時点で操縦技術に長《た》けているため、強いのは当たり前という意見もあった。

ともかく、そんな難しい機体を操縦できるのが、マリーとその部下たちだ。

「統一政府系の軍隊と戦うのは久しぶりだわ」

コックピットの中でマリーが舌《した》舐《な》めずりをすると、旗艦のブリッジに残されたヘイディが羨ましそうにしていた。

『司令官が前線に出たら駄目だろ。そこはせめて、副司令官に任せるべきだな』

艦隊の指揮を執るよりも、機動騎士で出撃したかったのだろう。

文句を言うヘイディに、マリーは笑みを浮かべたまま言う。

「次の機会があれば出撃させるわよ」

『次があるといいけど……いや、やっぱり面倒だからいいや』

次の機会は出撃しようと考えたのだろうが、ヘイディからすればもう一度襲撃されるのも面倒だったらしい。

マリーは周囲に集まる統一政府系の軍艦や人型機動兵器を見て、操縦桿《かん》を握り直した。

「その程度の数で囲んで叩《たた》けば倒せるとでも？　このマリー・マリアンを随分と安く見積もってくれたわね」

周囲に集まる人型機動兵器たちを、すれ違い様に次々に撃破していく。

ヘイディとの会話は継続したまま。

『俺らが活躍したのは随分前だから、忘れられても仕方ないな』

それもそうか、と納得したマリーは微笑《ほほえ》みを浮かべた。

「だったら、またマリー・マリアンがお前らに恐怖を叩き込んでやるよ。あたくしの名前を聞いただけで震え上がるようにして、二度と帝国の領土に――」

二度と帝国の領土に踏み込ませない、と言おうとしたところでマリーは口を閉じた。

小さく頭を振ってから言い直す。

「――バンフィールド家に逆らったらどうなるか、教えて差し上げますわ」

◇

シレーナが乗るキマイラのモニターに映し出されるのは、炎に包まれる戦艦を見下ろしている紫色の機動騎士だった。

スレンダーなシルエット。

頭部は狐を想像させるデザインをしていた。

その機体をシレーナは知っている。

「第七のテウメッサ」

以前、第七兵器工場に潜入した際、テウメッサの説明も受けていた。

エース用に用意された機動騎士である、と。

そんな機動騎士が戦場にいるという事は、バンフィールド家のエースがいるという証拠だ。

たった一機でも厄介だと思うが、問題はマリー・マリアンと名乗った騎士の周囲に同型機がいる点だ。

一機や二機ではない。

三十機近くは存在している。

そんなテウメッサたちが、反乱軍の人型機動兵器を、艦艇を、次々に破壊していく。

少数精鋭――まるでエースのみを集めたような機動騎士の部隊だった。

反乱軍は抵抗空《むな》しく、次々に沈められていく。

シレーナの操縦桿を握る力が強まり、いつの間にか冷や汗をかいていた。

頭の中では「撤退」の文字が浮かんでいるのだが、厄介なのはアタランテである。

自分に固執し、逃がしてくれそうになかった。

拳銃一丁で自分と対するアタランテのパイロットが、以前とは別人に見える。

「随分と腕を上げたわね。少し前のお嬢ちゃんとは別人みたいよ」

焦りを隠してエマに語りかけると、答えが返ってくる。

『さっさと返しなさい。その機体はあの人の――』

「相変わらずの真面目ちゃんね。そういうところが、私は大嫌いなのよ！」

左腕を失ってはいるが、シレーナはエマに負けるつもりがなかった。

アタランテは残弾もなければ、過負荷状態にもなれない。

パイロットにも疲れが見られる。

また、周囲を見れば部下たちが敵部隊を押していた。

一部のネヴァンが粘ってはいるが、このままいけば周囲から先に崩れていくだろう。

時間さえあれば、シレーナたちの勝ちだ。

そう、時間さえあれば。

(反乱軍がもう少し粘ってくれれば仕留められたのに！)

頭の中で撤退のタイミングを計っていると、アタランテが拳銃を放り投げてサイドスカートからレーザーブレードを二本取り出した。

「二刀流？　でも付け焼き刃よね？　その程度で私に勝てると思っているの？」

アタランテが二刀流で襲いかかってくるが、シレーナはそこまで脅威を感じない。

構えや動きを見ていると、二刀流を得意とする騎士たちと比べて拙さが目立っているからだ。

『勝ちます！』

断言するエマに、シレーナは僅かに驚いていた。

以前のエマを知っているだけに、断言するとは思っていなかったからだ。

弱々しく、夢見がちな、ちょっと操縦技術に長けている騎士。

ただの強がりで発した言葉ならば揶揄《からか》えたが、本心で語っているのが伝わってきて不快感をあらわにする。

「何も知らない子供が!!」

キマイラも右腕に近接武器を持ち、アタランテに斬りかかった。

エネルギーブレード同士がぶつかり合い、火花のような光が発生する。

何度も、何度も。

打ち合い続けていると、シレーナの中で焦りが大きくなってくる。

（こいつ下手な動きで食らいついてくる。それに、私を恐れていない!?　どこまでも気に入らない子ね！）

キマイラの戦斧《せんぷ》型のビームアックスが、アタランテの右腕を斬り飛ばす。

その瞬間、シレーナは勝利を確信するのだが——それが仇《あだ》となった。

以前と別人となったエマの駆るアタランテのレーザーブレードが、キマイラの右肩を関節から斬り飛ばした。

「しまった!?」

『これで終わりです！』

アタランテのレーザーブレードが、キマイラの首関節に向かって突き立てられようとした時だった。

『団長、これ以上は危険です。支援します！』

部下たちが乗るバックラーが駆けつけてくる。

（勝負を付けたかったけど、拘《こだわ》りすぎたわね）

自身がエマに固執していると反省しつつ、部下たちと集団でアタランテの破壊を決行する。

今のアタランテならば倒せると思っていると、シレーナの部下が乗るバックラーが次々に爆散していく。

「なっ!?」

何が起こったのか？　状況を把握しようとすると、何もない空間から三機のテウメッサが出現してきた。

テウメッサの出現に、部下たちが一斉に襲いかかる。

『増援かよ。なら一緒に叩き潰してやるよ！』

威勢の良い部下が真っ先に突撃していくのを、シレーナは必死に止める。
「止《よ》しなさい！」
叫んだ時には、威勢の良い部下が一機のテウメッサに砕かれてしまった。
大きなハンマーを持つテウメッサの一撃に屠《ほふ》られた。
他の二機も部下たちに襲いかかっており、次々に味方が撃破されていく。
「っ！　撤退！」
シレーナが撤退命令を出すと、バックラーたちが急いで撤退していく。
背を見せて逃げるシレーナたちを、テウメッサたちは追いかけてこなかった。
自分たちの撃破よりも、輸送艦を護衛することを優先したのだろう。
コックピットの中で、シレーナは自分の過ちを後悔する。
「また判断を間違った！　私はどうしてあの子に――」
あそこは無理をせず退《ひ》くべきだった。
普段の自分ならば、時間がかかりすぎた時点で撤退していた場面だ。
それなのに、エマを前にすると、どうしても素直に退けなかった。
またしてもエマとは勝負が付かなかった。
だが、結果を見れば部下を大勢失った自分の敗北である、とシレーナも気付いていた。

◇

ダリア傭兵団《ようへい》が撤退すると、テウメッサの一機がアタランテに近付いてくる。

『無事だったみたいだな！』

豪快に笑っているのは、どうやらカルロのようだ。

「カルロさん!?　どうしてここに？」

『マリーが助けてやれと言ったからだ。それにしても、よく耐えきったな』

カルロから見ても、エマたちは十分に活躍したように見えたらしい。

「ありがとうございます」

『気にするな。それより、ここは俺たちが受け持つ。今の内に補給を済ませておけよ』

「はい！」

カルロとの会話を終えたエマは、すぐに仲間の状況を確認する。

「皆さん無事ですか！」

ラッセルたちが乗るネヴァン・カスタムを見れば、かなりダメージを受けているようだった。

しかし、三機とも無事らしい。

輸送艦を守りながら、メレアの機動騎士部隊を守ってくれたようだ。

ラッセルが返事をする。

『こちらは無事だ。だが、すまない。メレアの部隊に被害を出してしまった。――三機撃墜された』

エマは目を見開き、そして息を呑《の》む。

「三機も……」

味方が撃墜されたのは無線で聞いていたが、実際に数を聞くと動揺する。

そんな動揺をラッセルは見抜いたのだろう。

『指揮官の君が動揺すると周囲にも伝わる。——君は堂々としていればいい。言い方は悪いが、これだけの被害で護衛対象を守り切れたのだからな』

俯《うつむ》き、震えているエマは言う。

「それでも——被害は出したくなかった」

ラッセルは呆《あき》れたようにため息を吐《つ》き、そして——。

『精神が耐えきれないならば、軍を去った方がいい。これから先、生き残って戦い続ければ君も私も大勢の部下を死なせるだろう。嫌なら、今の内に除隊するべきだ』

ラッセル機が部下二人を連れ、そのまま味方の救助を開始する。

エマは自分が泣いていることに気が付き、ヘルメットを脱いで顔を拭った。

「まだ終わっていない。補給と整備を受けたら再出撃しないと」

戦闘は終わっていないと気持ちを切り替えるが、エマに再出撃の機会は訪れなかった。

◇

メレアの格納庫。

モリーがアタランテの補給と整備を進めている中、休憩中のエマはコックピットで簡易栄養食のタブレットを口に含んで嚙《か》み砕いていた。

簡単に栄養補給を済ませると、再出撃の準備を進める。

「ラッセル大尉、出撃の用意はどうなっていますか？」

『補給と整備が遅れている。三十分は欲しい』

「――了解です」

アタランテの整備と補給はもうすぐ終わるのだが、メレアの整備兵たちの技量は高くない。

すぐに出撃出来ないと知り、エマは外へ出た。

そこに待っていたのは、ダグとラリーだ。

ラリーがエマに出撃を希望する。

「僕たちも出る。このまま終われるかよ」

ダリア傭兵団に手も足も出なかったのが悔しかったようだ。

部下たちがやる気を見せて嬉《うれ》しく思ったが、エマは指揮官としての仮面をかぶる。

表情を作り、冷静に判断が下せるように無表情を心がける。

「許可できません。待機していてください」

ラリーが悔しそうな顔をすると、ダグがエマの前に出た。

「俺たちは役に立つと思うが？」

先程、輸送艦を守った際に時間稼ぎをしたのはダグたちだ。

おかげで輸送艦を失わずに済んだ。

確かに役に立ったが、エマの判断は変わらない。

「――皆さんのおかげで輸送艦を守れたのは事実です。でも、これ以上の犠牲は出せません」

「お嬢ちゃん！」

ダグが怒鳴りつけてくるが、エマは一歩も退かない。

「あたしは中尉ですよ、准尉。それに、あなたたちは圧倒的に訓練時間が足りていません。このまま出撃すれば、また戦死者を出しますよ」

エマが横目で見たのは、格納庫に運び込まれたラクーンの残骸が三機。

他にもパイロットは無事ながら、中破した機体が多い。

ラクーンは、第七兵器工場が自信を持って世に送り出した機体だ。

そんなラクーンを使って、傭兵団相手にここまで追い込まれたのはパイロットの技量に原因があった。

三人が言い争いをしていると、そこに緊急の通信が入ってくる。

『全艦隊に通達。敵艦隊が敗走を開始したが、追撃は不要。繰り返す、追撃は不要。メレアはこのまま、護衛対象の側で待機する』

どうやら、外では戦闘が終わりを迎えているらしい。

エマはそれを聞いて安堵《あんど》する。

「——どうやら終わったようですね」

ダグやラリーが何か言いたそうにしていたが、エマは無視して一度アタランテのコックピットに戻るのだった。

◇

母艦に帰還したシレーナは、すぐにブリッジへと向かう。

そこで状況を確認するのだが、予想よりも遥かに悪かった。

「ミゲラはどうなったの？」

オペレーターが、頭を振る。

「旗艦で逃げ出したところを敵機に発見され撃破されたそうです。最後は酷《ひど》いものでしたよ。自分は星間国家の大統領だから、相応の扱いを求める、って」

命乞いをしたのは予想の範囲内だったが、シレーナは敵機がミゲラを拘束せずに殺したことが不思議だった。

「統一政府との交渉材料になるでしょうに、拾わなかったのね」

「敵もまさか反乱軍の首領が本当にいるとは思わなかったんじゃないですかね？」

「それもそうね」

こんなところにまで顔を出したミゲラの判断ミスである。

だが、部下の報告はこれで終わらなかった。

「それよりも、例のマリー・マリアンですが、想像以上の化け物でしたよ」

「そんなに？」

「艦艇は戦艦を含めて単機で十五隻。強化兵士の乗る人型機動兵器は五十機以上。一般兵の乗る機動騎士を加えたら、撃墜数は三桁に届きますよ」

部下は冗談を言っている風でもなく、少し血の気が引いた顔をしていた。

そんな化け物がいる戦場で戦っていたと思うと、後から恐ろしくなったのだろう。

シレーナも同じ気持ちだが、部下たちの前ということもあって強がるしかない。

「厄介よね。二度と遭遇したくはないけれど、対抗策は考えておきましょうか」

強敵ではあるが、倒す方法はあるはずだ、とシレーナは周囲を安心させる。

部下たちもシレーナが対策を考えてくれるなら安心と思ったのか、少し落ち着きを取り戻していた。

シレーナは一人、バンフィールド家の戦力について考えていた。

（チェンシーといい、今回のマリーといい、バンフィールド家には厄介な連中が多いわね。正攻法ではどうにもならないわね。——正攻法なら、ね）

◇

戦闘が終わったメレアでは、艦内で全員が礼服に着替えて、外を眺められる場所に整列していた。

戦死したパイロットたちに向けて、全員が敬礼をする。

エマも騎士用の礼服を色変更で黒くして参加していた。

周囲からは、心ない言葉が投げかけられる。

「あいつの点数稼ぎに巻き込まれたせいで、三人も死んだな」

「あいつ自身は今回の戦いで勲章をもらえるらしいぞ」

「俺たちは使い捨ての駒かよ」

後ろから聞こえてくる声に、エマの表情が曇る。

(あたしだって犠牲を出したくなかった。だから、出撃させなかったのに)

強引に出撃したのは、戦死したパイロットたち自身だ。

だが、事情を詳しく知らない一般クルーからすれば、エマのせいで仲間が死んだように見えたのだろう。

もしくは、知っていながら八つ当たりをしているのか、だ。

騎士は多かれ少なかれ、妬みや恐れを抱かれる。

彼らもエマに直接は言えないから、陰口を聞こえるように言うのが精一杯だったのだろう。

俯くエマに、隣に立っているラッセルが横目で見ながら言う。

「顔を上げろ」

「ラッセル――大尉？」

「君は立派に戦った。その他大勢の嫉妬や反感を気にするな。それに、君はやれることをやった。ラクーンが配備されていなければ、メレアのパイロット連中は今よりも大勢死んでいたはずだ」

「――本当は誰も死なせたくなかったのに」

それでも、エマは納得できずにいた。

ラッセルはそんなエマに、あえて冷たい口調で言う。

「この程度の犠牲で悩むならば、君は騎士に向いていない。私も君も、この先戦い続けるのなら、沢山の部下を失う立場だ。――受け止めきれないならば、騎士を辞め、軍を去った方がいい」

戦場で言われた言葉を、またこの場でも言われてしまった。

騎士を辞めろ。――騎士学校を卒業したばかりの時にも言われたが、今回は以前に聞いた時よりも優しさが感じられた。

同期を労《ねぎら》い、励ましているように聞こえた。

「今回は優しいんですね。前はあたしを嫌っていたのに」

エマが過去を思い出してそう言うと、葬儀が終わって艦内放送で解散が告げられた。

全員がこの場を去って行く中、ラッセルは頭をかく。

照れくさそうに、当時の話をする。

「あの頃の私は、本気で君は騎士を辞めるべきだと思っていたからな。何も知らずに、正義の味方になりたいと言う君を見ていて、私は腹立たしく思っていたよ」

本音で語り始めるラッセルは、近くにあったベンチに腰掛ける。

エマも付き合って隣に座った。

ラッセルは身の上話をエマに聞かせてくる。

「騎士学校にいた頃だが、君たちは私をエリート一家に生まれた存在だと思っていたな？」

エマは騎士学校時代を思い出しつつ、苦笑しながら頷《うなず》いた。

「お父さんが政庁の官僚だって聞いていたからね」

「――事実だよ。だが、本当はエリート一家ではないのさ。そもそも、バンフィールド家にエリートと呼ばれるような一族はほとんど存在しない」

断言するラッセルの表情は真剣で、冗談を言っている様子ではなかった。

「え？」

エマが首をかしげると、ラッセルは昔の話をする。――自分たちが生まれる前の話だ。

「今の領主様が生まれる前の話だ。父は猛勉強の末に、一般人でありながら政庁で採用されて働けるようになった。最初は父も領民のために頑張ろうと思っていたらしいが――当時の政庁は汚職にまみれて、まともに機能していなかったらしい」

エマの頭の中では、クローディアに聞かされた話が蘇《よみがえ》っていた。

領主様――幼いリアムが覚悟を決めて改革を断行した、と。

ラッセルは悲痛な表情をしていた。

「当時の話をする父は、悔しさから酒を飲んで泣いていたよ。助けを求める人たちを前に、自分は何も出来ず上司の汚職を見ていることしか出来なかった、とね。真面目な人ほど壊れていく状況だったそうだ。父も――酒で体を何度か駄目にしたそうだ」

「――酷い時代だったとは聞いていたけど」

「そうだな。酷すぎて笑えない話だよ。そんな時に、世代交代が起きた。今の領主様が改革を行ったんだ。当時の官僚の多くは、汚職を理由に処罰された。――そこからだ。父は嬉しそうに言うんだよ。ようやく、自分は目指していた仕事が出来るようになった、ってね」

汚職にまみれた上層部が消えさり、ようやく行政が本来の機能を発揮した。

それをラッセルの父は待ち望んでいたらしい。

ラッセルは話が逸《そ》れたと思ったのか、少し恥ずかしそうにしている。

「私は父を尊敬している。そんな父が、リアム様には特別な恩を感じていてね。私個人としても、尊敬しているわけだ」

まさか、自分とラッセルが同じ気持ちだったとはエマも知らなかった。

「そうだったんだ」

ラッセルは少し恥ずかしそうにしたままだ。

「まぁ、あれだ。――だから、実力のない者が、バンフィールド家の騎士になるのは許せなかった。――今にして思えば、私が君を嫌った理由は幼稚だったよ」

謝罪をするラッセルを見て、エマは頭を振る。

「実力不足は事実だからいいよ。あの頃のあたしは、本当に駄目だったから」

当時の自分を思い出すと、エマも恥ずかしいことばかりだ。

ラッセルを責める気持ちにはなれなかった。

許されたことを意外に思ったラッセルが、エマに微笑《ほほえ》む。

「君は優しいな。だが、その優しさが時に君自身を苦しめるはずだ。――ここで騎士を辞め、軍を去るのも一つの選択だ」

ラッセルは本気の顔をしており、エマも真剣に答える。

「あたしは今も正義の味方を目指しているから、このまま騎士を続けるよ。絶対に辞めないから」

エマの答えを聞いたラッセルは、少し嬉《うれ》しそうにしていた。

「そうか。なら、これ以上は何も言わないよ」

エピローグ

統一政府との交渉を終えた護衛艦隊は、本星へと帰還することになった。

その最中。

エマがメレアのトレーニングルームに顔を出すと、そこにはラッセル小隊の他に何名もの顔見知りの姿があった。

あの戦いから、トレーニングに参加するメンバーが増えていた。

その中には自分の部下たちもいた。

「ダグさんに、ラリーさん？」

トレーニングを行っている二人に驚いて入り口の前に立ち尽くしていると、先に来ていたモリーがエマに駆け寄って来る。

「聞いてよ、エマちゃん！　二人ともトレーニングをちゃんとするんだってさ！　エマちゃんに怒られたのが、よっぽど応えたみたいよ」

「え？　そうなの？」

エマが二人の顔を見ると、汗だくの二人は顔をしかめていた。

ラリーはトレーニングをサボりすぎていたのか、通常メニューもこなせない状態になっている。

苦しいのか青白い顔をしていた。

「ち、が、う！　これは僕たちが決めたことだ。前の戦いで自分なりに反省する点があったから、トレーニングをしているだけだ」

息も絶え絶えなラリーの隣では、こちらも汗だくになったダグがいた。

肉体の衰え――トレーニングをサボっており、動かなくなった体に少しショックを受けたような顔をしている。

「子供みたいに怒られたから頑張ります、なんて理由で俺たちが動くと思うのか？」

お前に言われたせいじゃない、としながらもダグは続ける。

「だが、中尉殿の言い分も正しいからな。俺たちなりに省みたって事です」

エマに対して中尉殿、とダグは言った。

それを聞いて、モリーがエマを肘で何度か突く。

「どう？　どう！　二人ともやる気になってくれたって！」

「――」

最初は驚いたエマだが、表情は幾分か柔らかくなった。

「だったら、機動騎士のパイロットとしてもっと鍛えないといけませんね。今日からはあたしが二人のメニューを用意します！」

やる気を見せるエマに対して、汗だくのラリーとダグは引きつった顔をしていた。

「勘弁してくれよ。こっちはブランクが長いんだぞ」

「俺は結構な年齢なんだが？」

言い訳をして回避しようとする二人に向かって、エマは断固とした気持ちで言う。

「駄目です。とりあえず、今日からはトレーニングの時間を増やしましょう。シミュレーターでの訓練時間もですよ。これまでの遅れを取り戻さないといけませんからね」

やる気を見せるエマに、ダグとラリーが青ざめた顔をしていた。

今のエマなら絶対にやると思ったからだろう。

モリーが二人を笑っていた。

「二人とも頑張ってね～」

だが、モリーも笑っていられる立場ではなかったようだ。

「え？　モリーもだよ。整備兵だからって、トレーニングから逃げられないからね」

「うちも!?」

◇

トレーニングルームで、第三小隊の様子を見ていたラッセルは微笑を浮かべていた。

「まとまったようで何よりだ」

そんなラッセルを、ヨームが不思議そうに眺めていた。

「随分と嬉しそうですね。ロッドマン中尉のこと、ラッセル隊長は嫌っていませんでしたか？」

「ライバルが強くなれば、それはすなわちバンフィールド家の力になる。良いことじゃないか？」

ラッセルが当然のように言うので、ヨームは何も言えずに肩をすくめる。

そして、自分たちの問題児に視線を向けた。

「それよりも、シャルを何とかしてくださいよ」

「シャルメル中尉か――」

ラッセルがシャルの方を見ると、そこにはトレーニングに励む姿があった。

汗だくになっているシャルだが、その視線はエマに向かっている。

どうやら、対抗心を抱いたらしい。

「対抗心を抱いて頑張っているようだな。自分よりも強い騎士を見て、いい刺激を受けたのだろう。悪いとは思わないが？」

そんなラッセルの認識に、ヨームは呆《あき》れていた。

「刺激されたのは金銭欲の方ですよ。ロッドマン中尉が今回の戦いで撃墜数が二十機を超えて、艦艇も複数撃破でしょう？　勲章と一緒に特別報酬が用意される、って聞いてやる気になっているんですよ」

エマに可能ならば、自分にだって出来るはず！　と、私欲まみれの理由だった。

ラッセルはヨームの話を聞いて、何とも言えない顔をする。

「いや――うん。何はともあれ、やる気を出してくれたようで何よりだ。――と私は思うよ」

◇

任務を終えた護衛艦隊が帰港したのは、バンフィールド家の本星であるハイドラ近くにある宇宙要塞だった。

資源衛星を利用した軍事基地であり、内部には艦艇を収容するドックがある。

ドック内に固定されたメレアからは、クルーたちが降りてくる。

エマたち第三小隊や、ラッセルの小隊メンバーも一緒だ。

だが、その中には荷物をまとめたクルーたちもいた。

その中の一人が、ダグに話しかけてくる。

「お前は残るのか？」

「あぁ――そっちは降りるのか？」

降りるクルーは、何とも言えない表情をした際にエマをチラリと見た。

複雑な表情をしながらも、丁寧な敬礼をする。

エマが返礼すると、降りるクルーは苦笑していた。

「中尉殿に言われて目が覚めた。というよりも、気付いていたんだよ。もうとっくに心が折れてしまっていたんだな、ってよ。さっさと次に進むべきだったんだ。だから——俺は軍を辞める」

相手とは長い付き合いだったダグは、少し寂しそうに——けれど、友人の旅立ちを祝福する。

「辞めてどうするつもりだ？」

「民間に戻る前に、軍が職業訓練をしてくれるんだとさ。今はあっちこっち大忙しで、仕事には困らないらしいからな。今度は真面目に頑張るさ」

「そうか」

「お前たちも頑張れよ」

そう言って荷物を持って降りていくクルーたちは、全体の四割以上にも及んでいた。

その光景をエマは苦々しい気持ちで見ていた。

「あたしがもっと頑張れば——」

すると、メレアの隣で固定されていた旗艦からマリーたちが降りてくる。

騒がしい騎士集団を前に、エマたちが敬礼する。

最初に気付いたのはヘイディだった。

「お、活躍した若手たちがいるじゃないか」

すると、エマとラッセルの二人に、マリーが歩み寄ってきた。

そのまま二人に肩をかけ、抱き寄せて話をする。

「いい働きでしてよ、二人とも」

「は、はい！　ありがとうございます！」

マリーはラッセルにも話しかける。

「エリート街道を進んできたあなたには、いい経験になったでしょう？　今の内に見識を広めておきなさい。今後、バンフィールド家を支える騎士になるのなら、必要な経験でしてよ」

「っ！　今後も経験を積みます！」

「よろしい」

感動しているラッセルの隣では、エマが複雑な表情をする。

自分が我を通した結果を、マリーに伝えるべきだと思った。

「――結局大勢のクルーが艦を降りちゃいました」

自分はあなたのように上手《うま》くやれなかった、と。

メレアの様子を見たマリーは、エマに微笑みかける。

「半数も残れば上出来ですわ。今後は新しい人員を受け入れて部隊を立て直す必要があるのだから、もっと気合いを入れなさいな」

「え？」

新しい人員と聞いて驚くエマに、マリーは悪戯《いたずら》が成功した子供のような笑顔を見せる。

「希望通り部隊は存続させるわ。今後も励みなさい、エマ・ロッドマン」

今までは「アタランテのパイロット」と呼んでいたマリーが、ここに来てエマを名前で呼んだ。

そのまま去って行く背中を見て、エマは少し遅れて返事をする。

「は、はい！」

◇

バンフィールド家の本星であるハイドラに降り立ったマリーとヘイディの二人は、政庁に用意された執務室で今後の相談をしていた。

無作法に机に座るマリーに、ソファーに座ったヘイディが顔を見ずに問い掛ける。

「アタランテのパイロットを推薦した話は本当か、マリー？」

マリーは机に座りつつ、報告書をまとめていた。

今回の統一政府との交渉や、裏で蠢《うごめ》く存在について資料をまとめている。

「エマ・ロッドマンだ、ヘイディ」

仕事モードで無表情で答えるマリーに、ヘイディは肩をすくめていた。

だが、嬉《うれ》しそうにしている。

「本当に気に入ったみたいだな。それが理由で、エマちゃんの昇進と昇格を推薦したのか？」

今回の任務における活躍で、エマは大尉に昇進かつ騎士ランクはAに昇格することがマリーの独断でほぼほぼ決定していた。

マリーの推薦、というのが決定打だ。

これでエマは、同期たちの中では一番の出世頭となった。

マリーは書類仕事を一段落させて、伸びをしつつ昇進の意図を話す。

「実力もあって経験を積んだなら問題ないわ。もっとも、あの女はしばらく経験を積ませて大事に育てようとしていたらしいけれどね」

あの女、とはクリスティアナのことである。

エマの状況を考え、しばらく中尉のまま小隊を任せてゆっくり育つのを待つつもりだったようだ。

だが、マリーはそれを許さない。

「──でも、あたくしたちには時間がないの。優秀な騎士には、活躍できる地位と場所を用意するのも大事なことでしてよ」

マリーもただ気に入っただけで昇進などさせない。

昇進させるだけの力があり、そして状況を考えれば正しい判断だと信じていたからだ。

ヘイディも賛同する。

「違いない。それなら、いっそエマちゃんはうちで抱き込むか？」

うちの派閥に入れるのか？　という質問に、マリーは悩ましい顔を見せた。

「リアム様が目をかけた騎士ですからね。下手に派閥に入れてしまうと、怒りを買う可能性がありますわ」

ヘイディがゲンナリした顔をする。

「そいつは勘弁して欲しいな。大将を怒らせるのは俺たちも本意じゃない。わかった、うちの連中にはあの子に下手に手を出すなと釘《くぎ》を刺しておくさ」

「頼みますわよ。それにしても――」

マリーはメレアの状況確認のため、資料を目の前に表示させる。

一瞬で何ページも内容を確認し、微笑を浮かべていた。

「――今後、あの子がどうやって部隊をまとめるか楽しみだわ」

元々、メレア――辺境治安維持部隊の頃から、人員に関しては補充が十分でなかった。

今回は多くのクルーが艦を降りてしまったため、人員の補充をする必要が出てくる。

だが、かつては左遷先とまで言われた部隊ともなれば、補充される人員というのも曲者《くせもの》揃《ぞろ》いになってくるだろう。

癖のある部下たちに苦戦するエマを想像し、マリーは微笑《ほほえ》みながら思う。

(今後は中隊長として頑張りなさいな)

◇

長期休暇に入ったメレアのクルーたちは、それぞれが家に戻っていた。

エマも実家に戻っている。

自室にこもっているエマは、作業台と呼べる机の上に広げた模型を組み立てていた。

それは購入してから崩せずにいたプラモデルの数々だ。

「はぁ～、いつかアタランテの正式なプラモデルも欲しいな～」

一つ組み立て終わって、ひとしきり眺めた後に呟《つぶや》くのは自慢の愛機についてだ。

部屋を見れば、壁の一面が飾り棚に改造されている。

そこには組み立てられたプラモデルが飾られていた。

収納スペースには製作するための道具があり、箱に入ったプラモデルもある。

完成したプラモデルを棚に飾り、エマはコレクションが増えたと喜ぶ。

ベッドに横になりコレクションを眺めていると、ノック音が聞こえてくる。

「姉ちゃん入るよ～」

「いいよ～」

エマの弟が部屋に入ってくるなり、若干だが引いた顔をしていた。

「姉ちゃんの部屋、相変わらず趣味に全振りだね」

「あたしのオアシスだからね～」

久しぶりの我が家、久しぶりの自室、エマにとっては快適で仕方がなかった。

そんな姉を見て、弟が心配している。

「もっとファッションとか、他にも使い道はあると思うんだけど？」

「う～ん、とりあえず今は困っていないからいいや」

実家に戻ってきて気を抜いているエマに、弟の【ルカ】は呆《あき》れていた。

エマと同じく濃い茶髪の男の子で、騎士や軍人を目指さず領内の大学に進学している。

そのため、軍の事情には詳しくない。

エマがどれだけ活躍したのか教えても、理解していなかった。

「これが勲章をもらった騎士の姿とは思えないよ」

勲章と聞いて、エマはルカに背中を向ける。

気落ちした顔を見せたくなかったからだ。

その理由は、単純に喜べなかったから。

敵を多く倒した――言い換えれば、それだけ沢山殺した証《あかし》でもある。

「――別にいいでしょ。実家でくらい気を抜いていたいの」

ルカは大きくため息を吐《つ》いた。

「それはいいけど、今日は母さんたちが戻らないからね。お昼は自分たちで勝手に食べて、ってさ。僕は友達と一緒に外で食べてくるけど、姉ちゃんはどうするの？」

エマは上半身を起こす。

そういえば、母親がそんなことを言っていたな、と思い出しながら。

「あたしも外で食べるよ。あ、久しぶりに屋台巡りもいいかも！」

元気になった姉を見たルカが、ちょっと残念そうに呟く。

「姉ちゃんは騎士になっても変わらないよね。軍でやっていけるのか心配になるよ」

「いや、うん、それは……が、頑張るよ」

自分でも立派な騎士になったとは言えず、エマは返事を濁してしまった。

◇

エマがやって来たのは公園の広場だった。

そこには多くの屋台が並んでおり、お菓子や食事に困らない。

食事が出来るようにテーブルや椅子も用意され、買ったらそのまま食べられるのもいい。

お昼は家族で賑《にぎ》わい、夜は大人たちが酒を飲んで騒ぐ場所だ。

「少し離れている間に屋台が増えたかな？」

ウキウキした足取りのエマは、幾つもの屋台を巡った後だ。

両手にはビニール袋に入った沢山の食べ物。

口には焼き鳥の串を咥《くわ》え、食べながら歩いていた。

周囲を見れば家族連れの他に、恋人たちの姿もある。

――実に平和な光景だ。

戦場とは違う景色。

自分たちが守るべきもの。

「こんな光景がいつまでも続くといいな」

色々と考えていると、エマは一人の幼子とすれ違う。

赤毛が特徴的な活発な女の子は、年齢からすると一桁だろうか？

「お母さん！」

「もう、エレンったら走ったら駄目じゃないの」

「あのね、あのね。アイスが食べたい！」

エマとすれ違った幼子は、そのまま母親と思われる女性に抱きついていた。

母親は幼子――エレンを抱きかかえると、優しい微笑みを向けている。

「またなの？　エレンは本当にアイスクリームが好きね。でも、一つだけにしなさいよ」

「うん！」

微笑ましい母子の姿に視線を奪われていると、抱きかかえられたエレンが気付いたらしい。

顔だけをエマに向け、不思議そうに首をかしげていた。

エマはハッとして慌てて手を振る。

そんなエマに、幼子も手を振って応える。

母子が離れていくと、エマは少し考え込む。

「あたしもいつか子供を持つのかな？　その前に旦那さんかな？――う〜ん、今は想像できないな」

恋愛や結婚を想像するも、どうにも現実味がわいてこないエマだった。

あとがき

『あたしは星間国家の英雄騎士！』もついに三巻に突入しました！

これも応援してくださった読者の皆様のおかげです。

さて、今巻はついにエマちゃんや周囲の転換期が訪れましたね。本来であれば一巻時点でやるべき話だったと思うのですが、書き始めた当初の目的が本編をより楽しんでもらうための設定などの補完、だったものですから今巻までかかってしまいました。

感想などでも本編とキャラが違う!? とよくコメントを頂きますが、本編では書ききれない登場人物たちの一面を楽しんで頂くつもりで書いております。

何しろ本編では書ききれない部分が多いですからね（汗）。

毎巻のように加筆して増量していますが、それでも限界がありますし。

本編で書けないなら外伝で！ そんなつもりで息抜きとして書き始めましたから、小説にすると大きな欠点があるのも自覚しておりました。

書籍化する際は大丈夫かな？ と心配もありましたね。何しろ外伝で主役のエマちゃんの人気がね……原作者の自分も早く何とかしないと！ と焦りはありましたよ（笑）。

それでも三巻まで無事に発売し、続刊が出せるという嬉《うれ》しい状況に感謝しております。

『俺は星間国家の悪徳領主！』含めて、今後ともこのシリーズを応援して頂ければ幸いです。

積みを崩してる人
今後ともよろしくお願いします。
高峰ナダレ

OVERLAP

あたしは星間国家の英雄騎士！ ③

発　　行　2024年6月25日　初版第一刷発行

著　　者　三嶋与夢
発 行 者　永田勝治
発 行 所　株式会社オーバーラップ
〒141-0031　東京都品川区西五反田8-1-5
校正・DTP　株式会社鷗来堂
印刷・製本　大日本印刷株式会社

Printed in Japan ISBN 978-4-8240-0849-7 C0193